Du même auteur :

Contes et légendes d'épouvante

Petits récits macabres

12 nouvelles d'horreur et d'épouvante

Nadège Carlesso

Petits récits macabres

12 nouvelles d'horreur et d'épouvante

© 2023 Carlesso, Nadège

Édition : BoD - Books on Demand, info@bod.fr,
Impression : BoD - Books on Demand, In de Tarpen 42,
Norderstedt (Allemagne)
Impression à la demande

ISBN : 978-2-3222-0563-9
Dépôt légal : Juin 2023

Table

Ces défauts qui nous rongent 9
La chevelure 11
La belle sauvera-t-elle la bête?. 21

Légendes 35
Le revenant 37
La fontaine aux souhaits 65

Voyages en train 85
Le voyageur en retard 87
Carnet de suivi des douleurs 91

Huis clos physique, huis clos mental 99
Monologue intérieur 101
Confidences d'une faucheuse 103
Aller simple 111

Phobies et autres angoisses 117
L'interstice de la peur 119
Misophonie 131

La pression des fêtes de fin d'année 137
Accidents en série au royaume de Noël 139

Ces défauts qui nous rongent

La chevelure

On dit que la vanité est un défaut, le célèbre mythe de cet homme amoureux de son reflet dans l'eau s'en veut le symbole. Mais, pour ceux qui n'en seraient pas encore convaincus, laissez-moi vous conter une histoire dont on m'a fait part récemment. Je n'en ai pas été le témoin direct, mais je considère ma source comme parfaitement fiable puisqu'elle en est la protagoniste.

Nous nous sommes rencontrés il y a peu. Les hasards de la vie nous ont conduits à cohabiter pour le moment. Elle m'a autorisé à transmettre ce qui lui est réellement arrivé. Je sais que je peux me fier à elle et vous à moi. Trêve de bavardages, revenons, à ce qui nous intéresse, notre récit. Il débute au jour même de la naissance de ma nouvelle amie, notre actrice vedette.

Lorsque le bébé fut entièrement extrait du ventre de sa mère, une exclamation d'admiration se généralisa dans la salle d'accouchement.

— Quelque chose ne va pas ? A-t-elle un problème ?

— Non, bien au contraire madame, votre fille est... tout simplement magnifique.

On tendit la nouvelle née à sa mère qui comme chaque personne présente dans la pièce fut ébahie par la beauté de l'enfant.

Cette perfection résidait en un élément essentiel qui se distinguait : la masse chevelue qui recouvrait le dessus de son crâne. Épaisse, cotonneuse et douce, elle attirait toute l'attention. La femme charmée y plongea immédiatement les doigts. Elle les aima instantanément. Les jours qui suivirent, elle ne put s'empêcher de les caresser, de jouer avec la toison naturellement bouclée, d'entortiller les mèches. Elle se promit d'en prendre soin pour toujours.

En grandissant, Nerissa, c'est ainsi qu'elle fut nommée, suscita constamment la fascination et l'envie. Tous louaient la beauté de cette chevelure divine. Elle s'efforça pourtant de rester humble. Mais, tout change. Plus son âge avançait, plus sa modestie était mise à l'épreuve. Il fut plus difficile à mesure que le temps passait de résister à la tentation de la vanité qui cherchait à s'immiscer en elle.

Alors qu'elle était devenue une jeune adulte, sa mère, dont la fierté n'avait fait que gonfler au fil des ans, lui brossait les cheveux chaque matin et chaque soir pendant de longues heures. Tout en s'exécutant, elle vantait leur splendeur, elle prononçait en une seule et même phrase plus d'adjectifs et de superlatifs que n'importe qui d'autre en une année.

— Ils sont ton meilleur atout, tu le sais n'est-ce pas ? Ne l'oublie jamais.

— Oui, maman.

Comment rester modeste lorsque l'ego est flatté plus encore à chaque jour qui passe ? Elle ne se fit ni arrogante ni prétentieuse, non, mais à présent elle avait pleinement conscience de son potentiel et de la beauté de sa crinière voluptueuse.

Alors qu'elle n'y avait pas prêté attention quand elle était plus jeune, qu'elle avait accueilli les éloges s'en y réfléchir plus que nécessaire, elle se surprenait maintenant à s'admirer longuement dans n'importe quel objet qui lui renvoyait son reflet. Obsédée par sa propre image, elle se répétait dans sa tête les compliments qu'elle entendait depuis l'enfance.

Un soir, sa mère avait dû s'attarder au bureau, Nerissa fut obligée de se brosser elle-même. Installée devant le miroir de la salle de bain, elle attrapa la brosse. Sa mère la lui avait offerte. D'une qualité exceptionnelle, elle avait coûté une somme importante, elle ne cessait d'ailleurs de le lui rappeler. *Il faut bien prendre soin de tes cheveux, je suis sûre que ton futur dépendra d'eux*, lui avait-elle répondu lorsque Nerissa avait remis en cause le prix plus qu'excessif.

Elle allait apposer l'ustensile sur la cascade de boucles, mais elle s'arrêta un instant pour s'observer. De sa main libre, elle attrapa une mèche qu'elle laissa retomber. Elle aimait cette chevelure qu'elle savait somptueuse, elle en était fière, trop même, elle changeait, elle s'en était rendu compte, elle se faisait orgueilleuse.

En parallèle de ce contentement constant, une pointe d'amertume subsistait au fond d'elle. Pourquoi donc être triste quand tout le monde vante votre beauté ? Tout bonnement, car elle aurait souhaité que les gens voient autre chose que son esthétique, qu'ils la regardent elle, la personne qu'elle était. Sa propre famille ne s'intéressait qu'à son paraître, jamais à sa personnalité. Qui était-elle au fond ? Le savait-elle elle-même ?

Elle entama le brossage. Ballottée entre des pensées contradictoires, elle ne s'appliqua pas autant qu'elle aurait pu dans l'accomplissement de celui-ci. Elle n'employa pas la même minutie, la même finesse dans ses mouvements que sa mère le faisait. La brosse s'accrocha dans un nœud, elle chercha à le défaire, tira dans un geste brusque.

— Aïe ! s'écria une voix.
— Que... qui a dit ça ?
— C'est moi, qui veux-tu que ce soit d'autre ? Tu devrais faire plus attention, tu m'as fait mal. Qu'est-ce qui

t'a pris ? Pourquoi forcer avec tant de brutalité ? Il faut de la délicatesse pour défaire mes nœuds. Recommence en t'appliquant cette fois, sois douce !
Nerissa s'exécuta.
— Voilà, c'est parfait ainsi. Tu t'améliores. Continue !
— Qui es-tu ? interrogea Nerissa tout en poursuivant son labeur.
— Je suis ta chevelure bien sûr.
— C'est impossible. Les cheveux ne parlent pas, les cheveux n'ont pas de personnalité propre.
— Moi, si !
— Mais...
— Pas de *mais* ! Continue !

Quand sa mère rentra enfin, Nerissa n'avait toujours pas terminé sa tâche. Elle regarda l'heure. Elle se brossait depuis plus de trois heures. Désormais tirée de son état hypnotique, elle sentit la douleur qui se généralisait du haut de son épaule jusqu'au bout de ses doigts. Ses muscles avaient été mis à rude épreuve. En sortant, elle croisa sa mère.

— Veux-tu que je te passe un coup de brosse avant que tu ailles dans ta chambre ?
— Non, je me suis débrouillée toute seule.
— Tu es certaine ? Je suis frustrée d'avoir été privée de mon rituel avec eux.
— Oui, je suis fatiguée, je vais me coucher.

Elle s'allongea dans son lit, ses cheveux s'étalèrent autour d'elle en une mer ondulée.

— Je suis heureuse de ce moment partagé avec toi ce soir, lui souffla la voix. Nous devrions faire cela plus souvent, seulement toi et moi, juste toutes les deux, personne pour s'immiscer entre nous.

Le lendemain était le jour de la séance de coupe mensuelle de ses longueurs. Sa mère se chargeait toujours de cet entretien incontournable. Nerissa s'installa. La coiffeuse autoproclamée lui passa le tablier autour du cou et s'arma de ciseaux. Eux aussi lui avaient coûté une petite fortune. Elle se saisit d'une première mèche qui lui glissa entre les doigts. Elle en attrapa une autre qui s'échappa à son tour. À chaque essai, elle ne parvenait pas les garder en main. Elles se faufilaient, elles ne voulaient pas être empoignées, au contraire, elles souhaitaient se soustraire à toute emprise extérieure.

— Mais, que se passe-t-il ?
— Un problème maman ?
— Je ne comprends pas, je n'arrive pas à tenir tes cheveux, ils n'arrêtent pas de retomber.

Elle effectua une ultime tentative. Cette fois, la mèche insoumise lui fouetta la peau.

— Ne la laisse pas me toucher, je t'en prie. Je ne le supporte plus. Tous ces gens qui tentent d'apposer leurs mains poisseuses sur moi... ils m'écœurent. Ils nous envient, je peux le deviner, je le sens. Elle en particulier. Elle nous jalouse. Regarde ses yeux brillants de passion. Elle aspire à me posséder. Hier, elle insistait pour te brosser. Elle était si alarmée que tu te sois occupée de moi toute seule. Elle t'en avait toujours empêchée avant. Ne trouves-tu pas cela étrange ? Je suis persuadée qu'elle ne me veut que pour elle. Si elle pouvait m'arracher à toi, elle le ferait, je le sais. Je n'accepte plus qu'elle pose ses doigts envieux sur moi, cela me rend malade.

Nerissa se leva violemment et extirpa sans plus tarder la paire de ciseaux des mains de sa mère.

— Je vais m'en occuper.
— Non, laisse, je m'en suis toujours chargée.

— Plus maintenant. Et, à partir d'aujourd'hui, c'est moi qui me brosserai les cheveux le matin et le soir. Je n'aurai plus besoin de ton aide. Plus jamais. Désormais, j'en prendrai soin moi-même.

Sans attendre la réponse de sa mère, elle se précipita dans la salle de bain. Elle passa les heures qui suivirent à soigner sa chevelure devenue indépendante. Elle la choya. Elles s'encensèrent l'une l'autre, glorifièrent leur beauté respective. Elle ne sortit pas pour manger et ne regagna sa chambre que tard dans la nuit. Satisfaite de sa nouvelle amitié, du lien solide qu'elle venait de créer avec cette autre qui la considérait réellement et voulait la protéger des profiteurs, Nerissa s'endormit un sourire dessiné sur ses lèvres.

Le lendemain, Nerissa se préparait.

— Tu devrais te faire une tresse, lui proposa la voix.

— Pourquoi ? J'ai toujours laissé mes cheveux détachés jusqu'à aujourd'hui.

— Fais-moi confiance. Tu sais que la seule chose que je désire, c'est nous préserver de ces parasites. Tous les jours, je devine leurs regards envieux sur moi, ils me mettent mal à l'aise. Je suis certaine qu'ils sont attirés par le parfum naturel que je dégage, ensorcelés, ils seraient prêts à tout pour nous avoir pour eux. Avec une tresse, nous capterons moins leur attention. Serre-la bien, ne laisse aucune mèche dépasser.

Nerissa obéit. Elle ne le regretta pas, elle se sentit plus à l'aise au cours de la journée. Elle devait faire confiance à sa récente alliée et suivre ses conseils.

Les jours défilèrent, Nerissa se renferma sur elle-même, privilégiant sa nouvelle relation à toute interaction avec autrui. Elle passait des heures à la caresser avec délectation, une manie qui ne la quittait plus. Un soir, sa mère la surprit en pleine discussion avec la chevelure dans la salle de bain.

— À qui parles-tu chérie ?

— À mes cheveux, comme tu le faisais. Qui sait peut-être qu'ils peuvent m'entendre et que cela les aidera à pousser comme les plantes.

— Tu as raison.

Lorsque sa confidente lui conseilla de ne plus sortir pour être à l'abri de tous ses yeux qui les dévoraient de loin, elle n'objecta pas. Elle prétexta être malade pour pouvoir rester à la maison. Elle se découvrit de grandes qualités de comédienne. Elle réussit à duper sa mère plusieurs jours.

Un matin avant de partir au travail, cette dernière pénétra dans la chambre de Nerissa. Ceci la contraria, comment osait-elle envahir son sanctuaire ?

— Tu ne vas toujours pas mieux ma chérie ? Nous devrions contacter le médecin.

— Non ! hurla la voix.

— Non ! gronda Nerissa

— Chérie, je sais que quelque chose te tracasse en ce moment. Je suis certaine que tu n'es pas vraiment malade. Que t'arrive-t-il ?

— Rien, rétorqua Nerissa essayant de retenir son agacement. Laisse-moi s'il te plaît, j'ai besoin de repos.

Mais, sa mère persista. Au lieu de sortir, elle s'avança plus près du lit.

— Dis-moi, insista-t-elle tout en s'asseyant sur le bord du matelas.

Nerissa s'écarta. Une main s'approcha de la chevelure répandue en soleil sur l'oreiller.

— Toujours, aussi magnifiques. Je ne les ai pas caressés depuis tant de temps. Cela m'a manqué.

— Ne la laisse pas faire, pitié, implora la masse épaisse.
— Ne les touche pas ! aboya Nerissa en repoussant les doigts intrusifs. Je sais ce que tu as en tête, tu les veux pour toi n'est-ce pas ? Que vas-tu faire ? Me les arracher et te le coller sur le crâne ? Ils ne t'iraient pas, tu es laide, tu les rendrais aussi laids que toi.
La gifle qu'elle reçut brûla ardemment, sa joue picotait, elle la sentit s'empourprer, pulser. La douleur décupla sa rage.

— Comment oses-tu nous toucher avec ta pitoyable main répugnante ?
— Qui est ce *nous* dont tu parles ? Tu as perdu l'esprit. Tu es complètement hystérique ma pauvre chérie.

Nerissa la propulsa au sol et s'enfuit dans la salle de bain dans laquelle elle s'enferma. Elle fut suivie au pas de course. La mère frappa sur la cloison avec force et colère.
— Ouvre immédiatement! ordonna-t-elle.
— Jamais. Va-t'en !

Lorsqu'elle n'entendit plus de bruit, elle crut que sa poursuivante s'était lassée. Nerissa entrouvrit la porte, sa mère se jeta dessus sans attendre l'élargissant en grand. C'est là que Nerissa aperçut les ciseaux qu'elle tenait.
— Tu es devenue bien trop prétentieuse ma fille. Je n'aurais pas dû te vanter autant toute ta vie. Je vais te raser la tête, cela te fera peut-être redescendre sur terre.
— Elle va me tuer ! cria son amie.
— Je ne te laisserai jamais faire maman.
Sa mère se précipita sur elle.
— Sauve-moi !
— Reste calme sinon je vais te faire mal. Tout ira mieux après.
— Lâche-moi maman !
— Empêche la Nerissa.

— Ne bouge pas Nerissa.
— Laisse-moi maman !
— Attrape les ciseaux.
— Nous allons nous blesser ma chérie.
— Arrête maman
— Tue-la ! Tue-la ! C'est le seul moyen.

Au bout d'une bataille acharnée entre mère et fille, Nerissa parvint en fin de compte à se saisir des ciseaux. Son adversaire s'échoua lamentablement à genoux sur le carrelage tandis que Nerissa brandissait l'arme.

— Pose ça ma puce. Tout ça n'est qu'un malentendu. Je suis désolée de m'être emportée et de t'avoir menacée. Nous devons régler ça de manière réfléchie. Nous irons voir des spécialistes, ils pourront t'aider.

— Fais-la taire.

Sans hésiter, Nerissa plongea l'accessoire aiguisé dans la gorge de sa mère avec énergie, une première fois, puis une deuxième, puis encore une et encore, avec ardeur, jusqu'à ce que le sol ne ressemble plus qu'à une mare ensanglantée.

Alors, que pouvons-nous penser de ce récit que je viens de vous exposer ? Certains diront que Nerissa a tout inventé, qu'elle était folle. Nerissa, elle, considère que c'est la vanité qui a donné vie à sa chevelure. Les louanges, l'adoration démesurée des autres, son propre orgueil, ont permis de donner naissance à cette entité indépendante et prétentieuse.

Elle m'a confié que depuis son arrivée ici, avec ce qu'ils lui font avaler, elle ne lui avait plus parlé. Elle en était peinée, car malgré tout, même en dépit de ce qu'elle l'avait poussait à faire, elle lui manquait. Elle se retrouvait seule à nouveau.

Pourquoi pas ? Moi, je crois en son hypothèse, je ne suis pas le seul, ma poupée Gisèle est aussi de cet avis.

La belle sauvera-t-elle la bête ?

Vingt-et-une heures venaient à peine de sonner lorsque la cloche de la porte retentit. Nami n'attendait aucun client ce week-end ni la semaine qui suivait. Ce devait être ses premiers jours de congés tant espérés puisqu'elle n'en avait pas eu depuis des années. Elle sursauta face à cet avertisseur strident et agressif annonçant l'arrivée d'une personne.

Elle détestait le son qui s'échappait de ce carillon. Il lui semblait sinistre, annonciateur de mauvais présages. Elle voulait le changer depuis un moment déjà, mais gérer seule une auberge, même de petite taille, était une charge très lourde et à chaque fois qu'elle avait eu l'intention de s'en occuper, une autre tâche plus importante l'en avait empêchée. Après un temps de surprise, elle s'avança dans le hall et ouvrit la porte.

À l'entrée, un homme, trempé par l'averse, tentait de s'abriter sous le toit marquise.

— Bonsoir, vous reste-t-il des chambres pour la nuit ?

Au moment où il engagea la conversation, la bouche de l'inconnu attira son attention. Le mouvement des lèvres était à peine perceptible alors que l'individu parlait, elles étaient pincées, presque collées. Était-ce un ventriloque ? Le son sortait-il réellement de cette bouche qui ne se mouvait quasiment pas ?

— Excusez-moi ! Est-ce que vous m'entendez ?

Un mime ? Y avait-il vraiment quelqu'un devant elle ? Était-ce une personne réelle ?

Il se racla la gorge avec force pour attirer son attention.

— Je vous présente mes excuses, j'ai eu comme une absence...
— En effet ! répondit-il sèchement.
— Que puis-je faire pour vous ?
— J'aurais besoin d'une chambre. En reste-t-il une de disponible ?
— L'auberge était censée être fermée, j'avais suspendu une pancarte à l'entrée de l'allée qui conduit jusqu'ici... Toutefois, vu l'heure tardive et la pluie, je ne vais pas vous laisser dehors, entrez.
— Je vous remercie.
Sa voix était abrupte et cassante malgré les remerciements qu'elle exprimait.
— Ne vous inquiétez pas pour cela, lança Nami par pure politesse.

Elle rejoignit le comptoir, se saisit d'une clé, puis elle l'invita à la suivre, ils montèrent les escaliers et elle le guida vers la dernière chambre du couloir. Elle lui fit visiter la pièce qui était simple, mais chaleureuse comme le reste de l'auberge. C'était ainsi que Nami l'avait imaginée dès le début.

Lorsqu'elle lui demanda s'il avait déjà pris son repas, il lui répondit par la négative. Elle le convia à venir dîner avec elle dans la salle à manger, ce qu'il accepta. Quelques minutes plus tard, il la retrouva afin de partager le dîner qu'elle s'était préparé pour le soir même. Par chance, elle en avait fait en plus grande quantité.

À présent complètement sec, il ne ressemblait plus à un chien mouillé. Ses traits tirés et stricts ressortaient plus qu'avant. Tout était allé très vite, elle ne lui avait même pas réclamé son nom pour le registre, elle n'osait pas. Elle avait trouvé le paiement de la location en liquide posé près de la caisse en allant chercher leurs plats.

L'atmosphère autour de la table était pesante, le silence lourd créait un malaise. Son attitude sévère ne donnait pas envie d'engager le dialogue. En dépit de cela, Nami qui était plutôt quelqu'un de loquace à l'accoutumée ne put se retenir et entreprit d'amorcer la conversation.

— Je m'appelle Nami. Et vous quel est votre nom ?

Sa réplique resta sans réponse, l'homme ne prit même pas la peine de remonter les yeux vers elle, il garda le regard figé sur son assiette. Loin de se décourager, Nami décida de poursuivre.

— Êtes-vous venu ici pour des raisons professionnelles ?

Encore une fois, ses paroles semblaient s'être perdues en chemin et n'avoir jamais atteint son interlocuteur.

Soudain, il la toisa d'un œil glacial.

— Parlez-vous toujours autant ?

Blessée dans son orgueil, elle se leva sans un mot, débarrassa ses affaires et se dirigea vers la sortie.

— Vous pouvez déposer votre vaisselle dans la cuisine qui se situe dans la pièce à côté, je m'en chargerai demain. Sur ce, bonne nuit monsieur, lança-t-elle avec ressentiment tout en quittant les lieux sans se retourner.

Elle avança d'un pas décidé vers sa propre chambre tout en maudissant l'homme pour son impolitesse. Elle ne parvenait pas à décolérer. Elle ne comprenait pas les gens. En société, pour que les relations se passent bien, il fallait témoigner d'un minimum de courtoisie. Les mauvais jours arrivaient à tout le monde bien sûr, mais afficher une humeur exécrable, déverser sa frustration sur autrui était quelque chose d'inconvenant.

Vivre en communauté impliquait de faire la différence entre le privé et le public, en public on se devait d'arborer une attitude neutre, celle qu'elle s'efforçait d'adopter à chaque discussion avec des inconnus.

Après s'être lavée, elle s'installa dans son lit, attrapa son ordinateur, ses écouteurs et elle lança un vieux film d'épouvante en noir et blanc. Une demi-heure plus tard, elle entendit la porte du fond du couloir claquer. Il avait rejoint sa chambre. Son attention fut attirée, elle fit pause, en suspens, mais tout redevint silencieux, elle revint à son occupation.

Aux alentours de minuit, un fracas assourdissant la sortit de sa concentration. Un orage ? Elle appuya sur la barre espace de son clavier afin d'interrompre le film, le silence régnait. Elle relança. Le bruit se répéta : quelque chose que l'on brisait, des déchirures, des raclements. De nouveau, elle arrêta la diffusion.

Cette fois-ci, elle se leva et entrouvrit la porte de sa chambre. Elle était certaine d'avoir entendu quelque chose et cela ne provenait ni du film, ni de chez elle, ni de l'extérieur, mais du fond du couloir. Elle resta un instant à l'affût. Au moment où elle allait refermer, l'écho ressurgit de manière plus faible.

Nami se faufila dans le couloir, s'efforçant d'être la plus discrète possible. Elle ne voulait pas passer pour une personne qui espionnait les autres. En tant que propriétaire d'une auberge, elle ne devait pas se faire trop curieuse de la vie de ses clients, cela ne pourrait que lui apporter une mauvaise publicité si ce genre d'indiscrétions s'ébruitaient.

Pourtant, le vacarme ne pouvait qu'attirer son attention et il émanait de la chambre louée. Elle continua à progresser sur la pointe des pieds. Nami se positionna devant la porte, accola son oreille avec douceur pour ne pas faire craquer le bois sensible. Le tumulte avait cessé. Le calme auditif laissa place à autre chose, une émanation putride qui se dégagea de sous la porte. Peu à peu, l'odeur se hissa jusqu'aux narines de Nami qui se pinça le nez. Mais c'était trop tard, l'infection l'avait déjà gagnée, elle la sentait à l'intérieur de sa bouche comme si elle s'y était nichée.

Une nausée survint, elle avança péniblement en direction de sa chambre espérant contenir suffisamment longtemps le vomi qui remontait de son estomac, jusqu'à sa gorge et qui était proche d'envahir sa bouche. Alors qu'il ne lui restait que peu de pas avant d'atteindre sa destination, elle fut obligée d'accélérer sa foulée qui se transforma en course. Elle rentra dans la pièce, ferma la porte. Sans pouvoir rejoindre la salle de bain, elle rendit l'intégralité de son repas sur le parquet.

Même après s'être en quelque sorte libérée, l'odeur écœurante subsista dans son nez, elle avait l'impression d'étouffer de l'intérieur. Elle alla ouvrir la fenêtre. Ce n'est qu'après avoir respiré l'air frais de la nuit qu'elle put faire disparaître de son esprit la puanteur.

Avant de s'endormir, elle réfléchit longuement. Quelle pouvait bien être l'origine du désordre et des effluves ? Devait-elle en parler au principal intéressé le lendemain ? Ne serait-ce pas trop intrusif ? Ne ferait-elle pas preuve d'une curiosité trop poussée ?

Au matin, elle se sentait beaucoup mieux. Après avoir déjeuné seule, elle eut envie d'aller faire une promenade à l'extérieur. L'atmosphère pure et sereine, les couleurs du jardin, le soleil qui lui chauffait la peau lui apportèrent du réconfort et un sentiment de sécurité contrastant avec son malaise de la veille. Elle déambulait à travers les arbres et plantes qui peuplaient son parc et dont elle était si fière, elle se laissa aller à des rêveries.

Perdue dans ses songes, elle percuta l'homme de plein fouet. Il planta son regard dans le sien, ce dernier n'était pas le même que le soir précédent, elle avait l'impression qu'il s'était adouci. Trop fière pour lui adresser la parole, Nami décida de l'ignorer, elle se détourna et s'apprêtait à s'éloigner quand tout à coup elle sentit une légère pression sur son bras, elle se retourna pour découvrir la main qui tenait celui-ci.

Le personnage face à elle était à l'opposé de celui à qui elle avait eu à faire la veille, plus calme, plus paisible, plus lumineux il n'était plus ce personnage antipathique.

— Je comprends très bien que vous ayez envie de me fuir, mais je dois vous dire qu'après votre départ hier soir j'ai eu le temps de réfléchir et il s'avère que mon comportement était totalement inacceptable, j'ai été condescendant et grossier. J'en suis profondément désolé. J'espère que vous accepterez mes plus plates excuses.

— Il est certain que vous avez été plus que désagréable alors que je voulais simplement faire preuve de courtoisie.

— J'en suis pleinement conscient, ce n'est pas une raison pour justifier mon attitude, mais je suis soucieux en ce moment.

Il était en tout point différent. Elle décida de passer outre son comportement du jour précédent.

— Êtes-vous ici pour affaires ou pour le plaisir ?

— Ni l'un ni l'autre. Malheureusement, des questions personnelles m'ont conduit à devoir partir de chez moi, je n'ai pas de meilleure échappatoire, j'ai besoin de me retrouver seul. Parlons d'autre chose, je n'ai aucune envie de vous ennuyer avec mes problèmes.

— Tout d'abord, je suis désolée d'entendre que vous subissez de telles difficultés. Sachez que vous ne me gênez aucunement et vous êtes pardonné pour hier soir. Désirez-vous visiter l'endroit, on trouve autour de la propriété des sites très intéressants à voir ?

— Avec plaisir.
Ils se baladèrent plusieurs heures durant lesquelles ils discutèrent de multiples sujets. Elle apprit son prénom. Cette journée fut plaisante, l'obscurité de son aura avait laissé place à la douceur et la bienveillance.
— Adam, je voulais vous dire, on m'a toujours prêté une oreille attentive, s'il vous venait l'envie de partager vos tracas, je vous épaulerai autant que je le peux, annonça-t-elle alors qu'ils regagnaient l'auberge.
Pour seule réponse, elle obtint un léger sourire au sein duquel elle décela une profonde tristesse.
Le soir, il se proposa de préparer le souper ce qu'elle accepta. Le repas aussi fut bien moins oppressant que le précédent, même si encore une fois elle était plus productive dans la conversation que lui qui se contentait souvent de l'observer sans un mot. Il était plus taciturne qu'au cours de leur promenade, il paraissait avoir sombré de nouveau dans des ténèbres dont elle ignorait la teneur. Son regard était à nouveau tragique, inquiet, tourmenté.
Après la fin du dîner, ils restèrent encore ensemble un moment. Elle parla beaucoup, il écouta, il s'exprima peu. Elle n'y avait pas pensé de la journée, mais tout à coup les événements de la nuit lui revinrent en mémoire. Elle souhaitait aborder le sujet, mais craignait de le brusquer, qu'il se braque.
Cependant, elle avait envie de comprendre, elle en avait besoin. Quelle était la cause des phénomènes de la veille ? À présent, elle ne pouvait plus se l'ôter de la tête. Alors qu'il avait désormais pris la parole depuis peu, elle ne l'entendit même plus. Son esprit était bien trop occupé par une vague de questionnements.
Avait-il saccagé la chambre ? Était-ce ce genre de clients, qui se défoulaient dans les hôtels ? Et l'odeur ? Et

si... c'était un tueur en série ? Les émanations provenaient-elles des morceaux des corps qu'il aurait découpés et emportés dans ses valises ? Il avait parlé de problèmes personnels qui l'avaient forcé à fuir. Était-il pourchassé par les autorités ? Peut-être ne devait-elle pas lui en faire part directement. Et s'il se retournait contre elle ? Ne serait-il pas mieux d'investiguer afin de s'assurer qu'il n'y ait aucun danger ?

— Tout va bien Nami ? s'interrompit-il alors qu'il avait remarqué son inattention soudaine.

— Je suis juste un peu fatiguée.

— Nous devrions nous coucher.

— Oui.

Ils montèrent d'un pas commun.

— Bonne nuit Nami, lui lança-t-il.

— Merci, bonne nuit à vous aussi, répondit-elle avant de s'engouffrer avec précipitation chez elle.

Elle resta assise une heure sur son matelas sans bouger, en pleine réflexion, jusqu'à ce qu'à minuit, le tapage de la veille retentisse à nouveau. Elle ouvrit, un cri, non, plutôt un râle résonna, suivi de l'odeur qui se propagea dans tout le couloir jusqu'à sa chambre. Elle referma d'un coup sec. Elle courut à la salle de bain où elle attrapa une serviette avec laquelle elle calfeutra l'ouverture du bas de porte. Cette odeur était pestilentielle. Elle lui provoqua un haut-le-cœur.

Elle ne pouvait surmonter son dégoût, mais sa curiosité se fit plus forte. Elle trouva un subterfuge. Munie d'une seconde serviette épaisse et d'un foulard en triangle, elle se confectionna une protection de fortune qu'elle noua autour de sa bouche et de son nez. Elle avait du mal à respirer, mais cela lui permettrait d'avancer en supportant toute agression olfactive. Ainsi parée elle s'aventura au-dehors. Bien qu'imparfait, le masque avait fait l'affaire, accomplissant sa fonction en empêchant au plus gros de l'odeur de la frapper. Incommodée, mais non entravée, elle atteignit la chambre en quelques enjambées.

Plus de bruits de casse ou de griffure, mais à la place, une respiration forte et grave, des grognements. Ceux d'une bête ? Avait-il emporté un animal avec lui ? Un trait mince de lumière attira son attention au bas de la porte. La rainure était fine, mais peut-être pourrait-elle découvrir quelque chose. Un quelconque indice qui lui apporterait des réponses.

Elle s'abaissa, bientôt, elle se retrouva allongée au sol. Elle ne vit pas bien, elle eut l'impression de reconnaître la forme des meubles, mais rien de plus. Puis, tout d'un coup, un mouvement furtif, trop rapide pour distinguer quoi que ce soit de précis, mais elle avait réussi à identifier quelque chose : des poils, elle était certaine d'avoir aperçu des poils.

Le matin suivant, elle attendit qu'il descende déjeuner. Prétextant une affaire importante à traiter, elle s'éclipsa, l'abandonnant dans la salle à manger. Secrètement, elle rejoignit l'étage. Utilisant le double des clés, elle ouvrit la chambre de l'homme. Elle avait parfaitement conscience que son comportement était plus que répréhensible, mais elle ne pouvait pas s'en empêcher, il fallait qu'elle sache. Comme pour se justifier du bien fondé de son intrusion, elle se convainquit qu'il lui était nécessaire de vérifier si rien n'avait été endommagé.

Nami fut estomaquée devant l'état de la pièce. Elle était entièrement saccagée. Les tentures et les rideaux étaient déchirés, les meubles recouverts de lacérations semblables à des griffures animales et il ne restait pratiquement plus un seul objet décoratif debout, les débris des autres étaient disséminés partout sur le sol. Il y avait des poils, ainsi que des empreintes trop grandes pour être identifiées comme appartenant à un être humain. Qu'avait-il fait ? Quel fou pouvait faire une chose pareille ? Les réparations allaient être coûteuses, elle n'en avait pas les moyens.

— Que faites-vous ici ? questionna la voix grave.

Surprise d'avoir été prise sur le fait, Nami ne se laissa pas pour autant impressionner. Il était le fautif, non elle.

— Depuis votre arrivée, j'entends chaque nuit des sons horribles provenir d'ici, un véritable tapage nocturne. Un fumet répugnant s'en dégage. Je voulais comprendre ce qu'il se passait. Vous avez ravagé la pièce. Qu'est-ce qui vous est arrivé ? Pourquoi faire une telle chose ? Savez-vous combien vont me coûter toutes les réparations ? Pourquoi êtes-vous en fuite ? Quel est votre secret ? Qui êtes-vous à la fin ?

— Je suis sincèrement désolée pour la chambre, je paierai pour tous les dégâts. Pour le reste, si on allait se promener ? Je... je vous expliquerai tout, enfin si vous me croyez.

Sans un mot, ils descendirent dans le jardin. Elle attendit qu'il engage enfin la conversation, mais il semblait décontenancé.

— Alors ? l'interrogea-t-elle.

— Je ne sais pas vraiment par où commencer, je ne prendrai pas de détours. Il y a dix ans, j'avais l'argent, le pouvoir, les gens m'enviaient, j'étais un idiot égoïste, égocentrique et prétentieux. Un soir, une tempête faisait rage, une vieille femme est venue frapper chez moi, elle m'a demandé de l'aide pour la nuit. En plus de la lui refuser, je me suis moqué de son physique que je trouvais hideux, je l'ai raillée en raison de la mauvaise odeur qu'elle dégageait. Alors qu'en bon goujat j'allais lui claquer la porte au nez, elle s'est transformée devant mes yeux. C'était en réalité une fée, j'avais loupé mon épreuve de bonté.

Pour me châtier, elle m'a jeté un sort. Chaque nuit, à l'heure même où je l'ai rejetée, je me métamorphose en une bête affreuse dont la puanteur est insupportable pour n'importe quel humain. En y réfléchissant, je pense que contrairement à moi à l'époque, elle a fait preuve d'une grande miséricorde, elle aurait pu m'imposer cette forme de jour comme de nuit sans chance de m'en sortir.

Dans sa générosité, elle m'a accordé deux possibilités pour échapper à ma punition. La première était de trouver quelqu'un qui m'aimerait profondément en dépit de ma malédiction. Or, je n'ai pas réussi à rencontrer la bonne personne. La seconde était de patienter jusqu'à la fin du délai de dix ans sans succomber à mon envie de chair humaine qui accompagnait ma transformation. Si je venais à y céder, je deviendrais un monstre... à jamais. Cela ne serait plus seulement la nuit, je me changerais en cette créature de manière permanente tout en gardant ma mémoire pour me torturer.

J'ai tenté de m'améliorer, de reprendre ma vie en main pour me racheter. J'ai commencé à aider les gens, à mettre mon argent au profit de bonnes causes. Néanmoins, le besoin de viande humaine se faisait toujours plus pénible à supporter. La date fatidique se rapprochant, l'appétit se faisait incontrôlable, violent. J'ai dû quitter la ville, car les exhalaisons de chair en trop grand nombre me rendaient chaque soir complètement fou.

Je me suis dit qu'en m'éloignant les derniers jours se passeraient sans encombre. Il me reste une nuit, une seule et je retrouverai enfin ma liberté d'antan. Je ne suis plus l'homme que j'étais, j'utiliserai ma nouvelle vie pour faire le bien, non m'enrichir aux dépens des autres.

Serait-ce trop vous demander de me permettre de demeurer ici juste cette nuit ? Ce sera la pire, je le sais, mais après tout sera fini. Je vous rembourserai tout ce que j'ai détruit.

— Très bien. Mais si vous dites que cette soirée sera éprouvante, peut-être vaudrait-il mieux vous installer dans un endroit plus sécurisé, proposa Nami sans même prendre le temps de réfléchir à la véracité des dires de son invité.

Elle le croyait, elle avait entraperçu la réalité des faits.

Pour subvenir aux besoins d'enfermement pressants, ils aménagèrent la cave pour un soir. La nuit arriva vite.

— Surtout Nami, vous ne devez pas chercher à venir, à aucun moment, promettez-le-moi ! Je ne suis pas certain de réussir à me contrôler, insista Adam avant de rentrer dans le sous-sol.

— Je vous en donne ma parole Adam. Nous nous retrouverons demain matin au levé du jour. Votre vie pourra enfin recommencer. Je vous souhaite bon courage.

Après l'avoir accompagné, Nami regagna sa chambre. Elle ne put se concentrer sur rien. Toute la soirée, elle fut agitée. Elle surveilla l'horloge continuellement. Quand l'heure fatidique arriva, elle ne tenait plus en place. À quoi pouvait bien ressembler cette bête en laquelle il se changeait ? S'apparentait-il à un animal en particulier ? Il devait être géant au vu de la taille des empreintes. Comment étaient ses griffes pour transpercer les meubles avec tant de facilité ? Nami ne cessait de s'interroger.

Rapidement, la tentation se fit plus forte que la raison. Affublée de son masque fait main, elle descendit au rez-de-chaussée. Elle allait se raviser, puis elle s'engagea tout de même dans les escaliers menant à la cave.

— Il ne me verra pas, je serai discrète, invisible !

Elle poussa la porte avec prudence afin de ne pas se faire repérer. Là, son ambition fut satisfaite. Devant elle se dressait une bête de plus de deux mètres de hauteur. Elle était recouverte de poils bruns hirsutes, longs, épais et emmêlés sur la quasi-totalité du corps. Le reste étant occupé par des écailles verdâtres et dures comme de la pierre. La queue imposante qui pendait dans le bas de son dos se terminait par un dard proéminent et fouettait le sol avec vigueur.

Quand il se tourna vers elle, elle put apercevoir sa face : les oreilles étaient pointues et rasées, le nez humain était devenu un museau affiné, la bouche une gueule dont des canines saillantes ressortaient par-dessus les babines, quant à ses yeux rouges... Elle put les observer avec précision au moment où il se jeta sur elle. Ils étaient affamés.

Il planta ses griffes acérées dans son abdomen pendant que ses crocs s'enfoncèrent dans le cou à la peau si fine qu'elle céda en instant. Le sang gicla tout autour, recouvrit les poils. Tandis qu'il poursuivait le repas qui le plongerait dans une éternité de souffrance, Nami sentit les larmes salées d'Adam glisser sur sa propre joue et se mélanger aux siennes en un flot unique.

Quant à savoir si la curiosité était un vilain défaut, au vu de sa situation, elle aurait assurément penché pour l'affirmative.

Légendes

Le revenant

Jour 1 : Le disparu

Heath le savait, il n'aurait pas dû boire le verre d'eau qui traînait sur sa table de chevet. Il ne se rappelait même plus depuis quand il y avait élu domicile, mais la sensation de soif impérieuse qui l'avait tiré de son sommeil l'avait forcé à l'épancher immédiatement à l'aide de ce qu'il avait pu trouver sur le moment.

Il fut à nouveau réveillé dans l'heure qui suivit cette fois par d'épouvantables crampes d'estomac. Il se rendit sans tarder devant la cuvette des toilettes. Sa surprise fut sans précédent lorsqu'il nota que le contenu de sa régurgitation ne correspondait pas à ce qu'il avait mangé. Il s'agissait d'un mélange de mucosités sanglantes associé à de la vase, il y décela même des formes qui s'apparentaient à des débris de plantes décomposées.

Il ne put étudier le tas de déchets plus longtemps, car le dégoût manqua de le faire vomir une seconde fois. Il se rinça la bouche dans l'évier. Il allait repartir se coucher tout en songeant à l'étrangeté de la chose, mais son regard se fixa sur le miroir. Un homme le scrutait, la nuque brisée, la clavicule s'échappant de sous la peau en un angle droit, la chair entaillée à divers endroits, il était recouvert de boue, si sale qu'on peinait à apercevoir ses yeux. On pouvait seulement observer qu'une partie de sa joue avait été arrachée.

— Cliff, murmura Heath.

En se levant après sa nuit déplorable, Heath se dirigea vers le chambranle pour en ouvrir les volets et apporter un peu de clarté à cette pièce sombre qui lui évoquait ses tourments nocturnes. En s'approchant de la fenêtre ce matin-là, il ne savait pas encore que rien ne serait plus jamais comme avant. La vision qui s'offrit à lui après avoir écarté la première planche de bois le laissa stupéfait.

Il donna un coup sec dans la seconde, la repoussant contre le mur pour s'assurer d'une visibilité parfaite. Il crut un instant être toujours en train de rêver. Il se pinça pour tenter de revenir à la réalité, si fort que ces ongles s'enfoncèrent sous sa peau et y dénichèrent de minuscules gouttes de sang. La douleur fut vive, une grimace se dessina sur son visage en réponse. Pourtant rien ne changea, il ne dormait pas, il était éveillé et ce qu'il voyait était bel et bien réel.

Debout dans l'allée principale de la cour de la maison se tenait son frère, ce frère dont les obsèques avaient eu lieu la veille. Ces funérailles avaient, par ailleurs, été plus que particulières, puisque la famille s'était recueillie devant un cercueil vide, la dépouille du prétendu défunt n'ayant pas été retrouvée.

À la suite de la disparition de Cliff, les proches avaient prévenu le shérif. Bien que grandement surchargé en raison du nombre croissant d'attaques de diligences et de tentatives de braquages de banque, celui-ci n'avait pas pu refuser de prêter son aide à la lignée la plus riche du comté dont la ville dépendait en grande partie.

La dernière fois que Cliff avait été vu, il partait au petit matin sur son cheval en direction des montagnes tout comme il avait l'habitude de le faire chaque année avec son défunt père en quête d'un retour à la nature. Cette année, même en solitaire, il avait décidé d'y aller en guise d'hommage. Il n'en était jamais revenu.

Le shérif et son adjoint accompagnés par Heath, qui avait tenu à les aider, avaient tenté de remonter le chemin emprunté par Cliff à la poursuite de potentiels indices. Les recherches étaient restées infructueuses. Seul son chapeau gisant dans la poussière sur un bas-côté avait été récupéré. Ni individu vivant ni corps inanimé.

Dans l'impasse, n'ayant pas le début de la moindre preuve, pas un élément ne permettant de comprendre ce qu'il s'était passé, il avait été annoncé à la famille que les investigations seraient abandonnées. Le bureau du shérif émit alors une hypothèse, peut-être le recherché avait tout simplement disparu de son propre chef. Il avait souvent exprimé son souhait de rejoindre l'Est, écœuré par les intérêts triviaux et l'extrême violence qui régnait à l'Ouest. Il n'était pas fait pour ce monde. Le décès récent de son père tout aussi idéaliste que lui l'aurait poussé à précipiter son départ.

Heath avait protesté. Il connaissait son frère, jamais celui-ci ne se serait enfui, jamais il n'aurait quitté son foyer sans en avertir qui que ce soit. Il lui était forcément arrivé quelque chose. Il le savait. Il le sentait. Une attaque de bête, d'ours probablement, d'Indiens, ou peut-être même s'était-il fait braquer par des bandits qui avaient enterré le corps à l'abri des regards, ou qui s'en étaient débarrassé en le jetant dans une rivière. Il fallait le retrouver. Et s'il avait été encore vivant ? À l'agonie, en attente de secours ?

Sa mère dévastée par le chagrin, soutenue par leur sœur cadette, lui avait demandé de cesser de se débattre contre la réalité. Elle avait compris que son Cliff était parti pour toujours et voulait traverser son deuil en paix. Après la perte de son mari, elle devrait aussi vivre avec celle de son enfant, elle ne désirait pas un acharnement qui ne ferait que troubler le cœur de tous pour rien. Cette requête appuyée par la volonté de l'épouse et du fils du disparu, Heath avait donc dû se résoudre à se plier aux exigences de tous. Une cérémonie avait été organisée pour permettre à chacun de faire ses adieux.

Mais, à présent, devant l'image de son frère, ce vivant que l'on croyait mort, ce fantôme de chair revenu d'un ailleurs inconnu, il se retrouva sans voix, incapable de se mouvoir, ses bras, ses jambes, tous ses muscles durcis, semblables à de la roche. Cliff, qui l'avait aperçu, resta lui aussi immobile à le fixer, ils se détaillaient l'un l'autre. L'un était recouvert de poussière, de boue, la figure noircie par la saleté, les habits déchirés, des cernes sous les yeux, ses ongles enduits de terres, les cheveux en batailles, pleins de nœuds. L'autre, lui, portait un pyjama de soie parfaitement repassé, la peau du visage propre, ses ongles nettoyés, ses cheveux brossés et tirés en arrière. Le contraste entre les deux était saisissant.

Après de longues minutes, Heath reprit finalement ses esprits.

— Cliff ! hurla-t-il à pleins poumons.

Son cri résonna dans toute la maison, si bien qu'il alarma tous les habitants des lieux qui accoururent à la porte. Face au revenant, chacun réagit à sa manière.

Son épouse s'effondra sous le choc. Son fils se jeta à ses côtés pour la réanimer. La sœur cadette se mit à pleurer en un torrent ininterrompu, elle tenta de parler, mais ses pleurs métamorphosèrent ses mots en babillages incompréhensibles. La mère, elle, silencieuse, se contenta d'avancer à pas lents pour finir sa route en enlaçant son garçon retrouvé.

Après avoir assisté à cette scène déchirante de sa fenêtre, Heath courut à travers la chambre, il descendit les escaliers précipitamment, bientôt, il arriva sur le pas de la porte. Il s'y arrêta net. Il ne bougea plus, il n'osait pas. Cliff leva la tête vers lui.

— Mon frère, murmura-t-il, approche.

Ces mots avaient sonné comme une invitation, Heath s'autorisa en fin de compte à se mettre en marche. Il marqua une pause juste devant Cliff. Tout ceci était-il bien réel ? Il avait du mal à réaliser que ce dernier se tenait en face de lui. Finalement, se fut Cliff qui fit le pas qui les séparait et attrapa son aîné en le serrant fort, si fort qu'il lui coupa presque la respiration.

Maintenant qu'il sentait le corps chaud contre lui, les battements du cœur qui tambourinaient avec force contre son abdomen, son souffle qui se propageait dans son cou, Heath commença à admettre l'authenticité de la situation. Il étreignit alors son frère en retour vigoureusement.

Plus tard, après avoir pris le temps de se laver et de revêtir des vêtements dignes de ce nom, Cliff rallia l'assemblée qui l'attendait dans le salon. Le shérif était là. Il l'interrogea. Malheureusement, Cliff n'avait gardé aucun souvenir de ce qui lui était arrivé. La dernière chose dont il se rappelait était d'être parti pour sa retraite annuelle, puis, plus rien, jusqu'à ce qu'il se réveille enfoui sous de la boue, de la terre et des branchages, dans un recoin de rivière quasiment inaccessible, invisible de l'extérieur et qu'il ne pouvait pas situer, car trop perturbé, il n'avait pas mémorisé le trajet.

Face à l'absence d'éléments tangibles et le disparu étant de retour, le shérif conclut que l'enquête était à présent close. Après son départ, la journée poursuivit son cours, tous couvrirent Cliff d'une attention étouffante, mais sans jamais parler des événements qui étaient survenus, ils reprirent à l'instant même où leur vie s'était arrêtée avec lui, comme si rien de tout cela ne s'était passé.

Heath les observait. Il ne comprenait pas que personne ne se pose plus de questions, que personne ne cherche à découvrir ce qui était arrivé. Sa mère se rendit compte des interrogations qui l'assaillaient, elle se rapprocha de lui.

— Cesse de te tirailler, lui signifia-t-elle, l'important est qu'il soit là parmi nous, ne penses-tu pas ?

— Bien sûr que si.

Suivant les conseils de la doyenne du clan, il tenta de profiter du retour de son frère en toute ingénuité comme tous le faisaient.

Dans la soirée, Heath fumait son cigare dans le petit salon en vérifiant la comptabilité et le rendement de l'exploitation des multiples mines familiales. Cliff qu'il croyait couché comme les autres le rejoignit.

— Tu devrais te reposer, lança Heath. Tu en as bien besoin après ce que tu as vécu.

— Je n'arrive pas à dormir. J'ai pensé qu'un verre de whisky aiderait mon esprit à plonger plus rapidement dans le brouillard du sommeil. Je t'en sers un ?

— Merci avec plaisir.

Cliff remplit deux portions et emporta la bouteille avec lui.

— Les résultats sont bons ? demanda-t-il en déposant le cristal sur la table tout en désignant de la tête les feuilles que son frère parcourait.

— Oui, répondit brièvement Heath avant de poser le tas de papier qu'il tenait pour se saisir d'une main de la boisson alcoolisée.

Chacun prit une gorgée du liquide ambré.

— Je suis heureux que tu sois de retour parmi nous. Je leur avais dit, je leur avais bien dit que tu n'aurais pas pu partir de ton plein gré.

— Je suis content d'être rentré. Je te remercie pour tout ce que tu as fait en mon absence, mais aussi pour ne pas m'avoir assailli depuis mon retour comme l'ont fait les autres. Je n'ai pas eu une seule minute à moi pour respirer aujourd'hui. Leur comportement était si particulier, me couvrir de leur affection tout en ne faisant aucune allusion à ce qui est arrivé.

— J'ai pensé effectivement que tu avais besoin de tranquillité. Mais je veux que tu saches que je suis là si tu as envie de parler ou de quoi que ce soit d'autre.

— Je n'ai pour le moment pas grand-chose à raconter.

— Tu ne te souviens vraiment de rien ? le questionna Heath en s'efforçant d'être le moins oppressant possible.

— Non, rien, le trou noir. Le docteur a dit que cela pouvait arriver après un traumatisme, cela pourrait revenir dans quelques jours, quelques semaines, quelques années, mais aussi ne jamais réapparaître.

— Peut-être finalement cela n'est pas une mauvaise chose. Si ton esprit l'a effacé, c'est vraisemblablement pour te protéger, sans doute le souvenir était trop pénible. J'espère que malgré cette épreuve tu pourras passer à autre chose, repartir du bon pied, retrouver une vie normale.

— Tu as certainement raison, c'est probablement mieux ainsi. Qui sait ? Il est possible que ma mémoire s'ouvre au moment opportun. Seul l'avenir nous le dira. Mais ne parlons plus de moi. Toi comment vas-tu mon frère ? Sans vouloir t'offenser, tu ressembles presque plus à un mort vivant que moi qui ai été exhumé d'on ne sait où.

Cliff disait vrai, même si Heath était aussi propre sur lui qu'il l'avait toujours été, prenant soin de paraître sous son meilleur jour à chaque occasion, il y avait des parties de son corps qu'il ne pouvait pas contrôler, celles sur lesquelles ils ne pouvaient rien faire en ajoutant des apparats. En effet, il avait le teint blafard, presque gris, maladif. Ce manque d'éclat, cette apparence cadavéreuse, faisait ressortir d'autant plus le creux des cernes bruns qui entouraient ses yeux, conséquences évidentes de sa nuit sans sommeil. Les commissures de ses lèvres pointaient vers le bas rendant son visage morne, il n'avait pas souri depuis bien longtemps.

— Que se passe-t-il ? poursuivit Cliff.

— Je ne dors pas très bien ces derniers jours. Depuis ta disparition, tout a été difficile, il fallait que j'affronte ta perte, que je sois là pour soutenir tout le monde, que je tente de les accompagner dans leur chagrin tout en gérant le mien, en m'occupant dans le même temps de la propriété, des mines et de toutes nos affaires. Mais cela n'est rien comparé à ce que tu as eu à vivre et j'ai bon espoir que ton retour au sein de notre maison m'aidera à retrouver la paix et un sommeil serein.

— Je l'espère pour toi.

Les deux frères restèrent encore un long moment ensemble. Les discussions qui suivirent se firent plus légères. Provenant de la volonté des deux frères, on n'aborda plus de sujets difficiles. Les verres s'enchaînèrent tandis que l'on écartait volontairement la crise des jours précédents pour ne discuter que du bon vieux temps et des souvenirs communs et plaisants.

Jour 2 : L'Indien

Il était plus de minuit passé lorsque Heath retrouva enfin sa chambre. Il ne sut pas si c'était à cause de l'alcool qu'il avait bu en trop grande quantité - bien plus qu'il ne l'aurait dû - ou si cela provenait de son état de fatigue générale, mais il avait la tête qui tournait, il ne parvenait pas à rester droit. Il était encore dans l'embrasure de sa porte, il dut y faire une pause.

Son esprit était nébuleux, il lui fallut se retenir à la poutre en bois pour ne pas tomber après qu'une violente secousse ait fait trembler l'intégralité de son corps. Il peina à demeurer debout. Les spiritueux ne lui avaient jamais fait un tel effet. Il se maintint ainsi quelques minutes afin de retrouver la stabilité nécessaire qui lui permettrait d'avancer et de rejoindre son matelas.

Lorsqu'il releva la tête pour reprendre son avancée, il fut stoppé dans son élan. Une silhouette se tenait debout, à demi camouflée dans le coin de sa chambre entre la fenêtre et le lit. Imposante, sombre, Heath ne put en déterminer les détails. Sa vision était troublée, il ne put qu'en discerner les vagues contours, c'était un homme.

— Q... qui êtes-vous, bafouilla-t-il alors qu'il avait des difficultés à contrôler sa propre bouche comme le reste de son corps.

Il ne reçut aucune réponse. Il ne put renouveler sa question, car ses lèvres ne lui obéissaient déjà plus. Il se mit alors en tête d'avancer vers l'intrus, mais à peine eut-il tenté de faire un pas qu'il s'échoua au sol. Il se traîna en direction de l'individu qui ne prononça pas un mot. Mais, la lumière de la lune qui traversait la vitre laissa entrevoir les dents de ce dernier qui affichait un sourire satisfait, un sourire qui se fit moqueur.

Poussé par un élan de colère causée par sa faiblesse, mais avant tout par le mépris dont faisait preuve l'ombre indéfinissable, Heath se projeta en avant d'un coup violent pour chercher à se raccrocher à la cheville du spectre. Néanmoins alors qu'il était finalement parvenu à l'endroit désiré, il n'attrapa que de l'air. Il remonta la tête et ne vit rien, seulement le coin de sa chambre vide, comme il était censé l'être. Heath retomba au sol sans forces. Sombrait-il dans les abysses de la folie ? Il s'affala sur le parquet tout en regardant le plafond de la pièce.

— Ressaisis-toi bon sang ! s'ordonna-t-il à voix basse.

Il se hissa avec grande difficulté sur le lit. Il était épuisé, plus qu'il ne l'avait jamais été.

Il avait réussi à s'endormir lorsqu'il fut réveillé par une sensation de chatouillement sur son ventre. Il se gratta, mais cela n'apaisa pas la gêne, elle s'amplifia. Si bien qu'à un moment donné Heath retira la couette et souleva sa chemise pour en identifier l'origine. Il se propulsa contre la tête de lit quand il découvrit les asticots rampant sur son abdomen, il remua pour s'en débarrasser, il en tomba du matelas.

Recroquevillé au sol, il aperçut des ongles ensanglantés dépasser de sous son lit, puis sortirent les doigts et enfin la main complète qui le tira, Heath se cogna le crâne et s'évanouit. Quand il revint à lui, il n'était plus dans sa chambre. Dans le noir, il tâtonna, les murs étaient froids, humides. Une faible lueur naquit subitement. Heath put alors constater qu'il se trouvait dans une mine. Comment était-il arrivé là ? Au loin, il entendit une plainte, il en suivit le son.

Sa quête le fit s'enfoncer profondément dans le tunnel sombre. Elle le mena directement dans un cul-de-sac.

— À l'aide.

Bien que quasiment inaudible, Heath perçut la supplique. Un corps était allongé par terre. Il s'approcha. Heath eut un instant d'arrêt lorsqu'il découvrit l'identité du mourant. C'était un Indien, l'Indien qui avait trouvé la mort dans l'une des mines familiales quelques mois plus tôt. Étant le seul présent sur les lieux à ce moment-là, il avait été celui qui avait eu à se charger de la dépouille. Il se pencha sur le corps et le vit à moitié dévoré par les insectes. L'image répugnante lui souleva l'estomac, il se retourna. Quand il posa à nouveau son regard sur l'homme, il n'y avait plus personne.

— Heath.

L'écho de son nom prononcé lui fit relever les yeux. Devant lui, l'Indien se tenait debout, il pointait son index en direction du bas-ventre de Heath qui regarda la zone désignée. Elle était recouverte de plaies suintantes d'où sortaient des vers s'échouant au sol, des mouches, des fourmis et d'autres dont il ne put déterminer l'espèce. Il cria. Son esprit replongea ensuite dans l'inconscience.

La nuit fut aussi effroyable que courte, car Heath dut se lever dès l'apparition des premiers rayons du soleil. Il devait en effet faire le tour de la propriété ainsi que des mines. Il lui fallait s'assurer du bon fonctionnement de ses affaires. Montrer sa présence aux employés une fois par mois lui servait également à rappeler à tous son visage, à leur remettre en mémoire qui était celui qui dirigeait et qu'il gardait tout sous une surveillance des plus rigoureuse.

En dépit de leur différence de statut social et du mépris qu'il éprouvait au fond de lui à leur égard pour cette raison – il était à l'évidence à l'opposé de son frère et de son père sur ce point – il s'efforçait de paraître abordable, compréhensif à dessein de se garantir leur fidélité et leur dévouement. Il savait les flatter à son avantage.

Heath descendit aux aurores, sans bruit, afin de ne pas réveiller la maisonnée qui dormait encore à cette heure. Arrivé dans la cuisine pour y prendre le petit-déjeuner, il tomba sur son Cliff qui était déjà debout.

— Au vu de ta tête, j'en déduis qu'une fois de plus ta nuit n'a pas été reposante.

Les cernes creusés plus profondément, s'abaissaient à présent sur le haut de la pommette lui donnant un regard charbonneux, vieilli, il apparaissait âgé de plus d'années qu'il ne l'était réellement. Le grain de peau n'était plus si lisse, les traits marqués témoignaient de la fatigue, de la contrariété. Son frère qui était de retour d'un périple dont on ne connaissait pas toute la difficulté manifestait une meilleure mine que celui qui n'avait jamais quitté la maison.

— Ton intuition est bonne. Dire qu'elle n'a pas été reposante est un euphémisme, elle a été horrible même.

— Tu veux en parler ?

— Non, cela ne servirait à rien.

Cliff ne savait rien de l'Indien, personne ne savait, Heath s'était débarrassé du corps sans que personne n'apprenne son existence. Qu'auraient dit les gens ? Un Indien découvert sans vie dans leurs mines. Une pareille attention sur ses affaires n'aurait pas été en sa faveur. De plus, sa disparition n'aurait intéressé personne, il n'y aurait certainement pas eu d'enquête ou elle aurait été classée immédiatement. Peu aurait importé la cause de la mort pour les gens, la seule chose qu'il en aurait résulté aurait été que le nom de sa famille et de son empire aurait été lié à une mort, cela ne leur aurait apporté qu'une mauvaise publicité et entaché leur réputation.

Parler de ses cauchemars avec son frère n'aurait servi à rien. Il se tut donc à ce sujet et dévia la conversation.

— Pourquoi es-tu levé à une heure si matinale ? Tu devrais profiter de dormir.

— Je savais que tu devais faire ta tournée mensuelle aujourd'hui. Vu l'état dans lequel tu étais hier, j'ai pensé t'accompagner pour que tu ne sois pas seul.

— Un peu de renforts ne seront pas de refus.

— Tiens, j'ai préparé le café, ajouta Cliff en lui tendant une tasse remplie presque à ras bord.

— Je ne t'avais jamais vu faire le café.

— La vie m'a offert une seconde chance, je dois en profiter pour changer, devenir quelqu'un de meilleur.

— Qu'est-ce que tu racontes ? Tu as toujours été quelqu'un de bien, tout le monde le sait, ils t'aiment tous. Ils pensent tous que tu es le digne successeur de papa, généreux, bienveillant, tourné vers l'avenir, le changement, tout le contraire de moi selon l'opinion de la majorité.

— Peut-être, mais contrairement à ce qu'ils croient, je n'ai pas fait que des bons choix dans ma vie, je ne suis pas aussi irréprochable qu'ils l'imaginent. Mais j'ai décidé de me rattraper. À présent, je ferai ce qu'il faut.

— Ne dis pas de sottises, s'amusa Heath en donnant une tape dans le dos de son frère, le fils prodigue ne peut être que parfait.

Après avoir avalé le liquide stimulant et une tranche de pain beurrée, le duo se mit en route. Ils se rendirent dans les différentes possessions familiales. À chaque endroit, tous furent ravis du retour de Cliff qui accapara toute l'attention des lieux. Cela ne dérangea pas Heath qui en profita pour effectuer les contrôles habituels et s'assurer de l'efficacité du travail de tous et surtout du profit qu'il en dégageait.

Malgré la fatigue, les visites s'enchaînèrent durant plusieurs heures. Ils visitèrent les fermes, discutèrent avec les cow-boys en place dans leur domaine, puis ce fut au tour des mines.

Arrivé au dernier filon d'or de leur programme, le cheval sur lequel avait voyagé Heath s'immobilisa d'un coup sec. Avait-il ressenti la tension qui avait envahi son cavalier à ce moment-là ? En effet, ce dernier comme sa monture resta figé à la vue de la mine qui lui faisait face. C'était celle où il s'était retrouvé perdu la nuit précédente dans son cauchemar, celle où l'indien était mort quelques mois plus tôt.

Depuis tout ce temps, il n'avait pas repensé à cet incident jusqu'à la veille. Inconsciemment ou non, il avait écarté ce gisement de ses dernières tournées mensuelles. Il ne se souvenait même pas l'avoir ajouté à sa liste du jour.

— Heath ? Tout va bien ? l'interpella son frère qui avait décelé son trouble et dont la voix rassurante avait réussi à le faire émerger de son malaise.

— Oui, tout va bien, un coup de mou c'est tout.

— Tu veux que je me rende dans la mine seul avec le contremaître, je ne sais pas si t'enfermer est très bon pour toi dans l'état dans lequel tu te trouves.

— Non, ne t'en fais pas pour moi, je préfère venir avec vous.

Aussitôt avait-il pénétré dans l'antre, qu'il regretta sa décision. La sortie était encore juste derrière lui, il faillit repartir en courant, s'enfuir de cet endroit, se soustraire à son pouvoir, mais il s'obligea à rester, son statut le lui imposait. Qu'aurait-on dit de lui sinon ? Il aurait perdu de son autorité, chose qu'il ne pouvait permettre.

Chaque pas qu'il fit en avant lui coûta énormément, en courage, mais aussi en force physique. Il avait l'impression que plus il avançait, plus son énergie était aspirée. Ses enjambées se firent moins grandes en conséquence de la lourdeur nouvelle dont semblaient être lestées ses jambes. Non seulement ses membres inférieurs, mais tout son corps se fit difficile à manier, ses mouvements devinrent restreints, tout comme sa respiration.

Puis il y eut cette odeur, cette odeur infâme, âcre, entêtante, écœurante, l'odeur du sang. Elle se fit intense, elle envahit les narines de Heath en entier, il en éprouva même le goût lorsqu'il passa la langue sur ses lèvres.

— Tu ne sens rien ? demanda-t-il à Cliff discrètement.
— Les émanations habituelles. Pourquoi ?
— Non comme ça.

À l'odeur s'ajoutèrent par la suite les gémissements qui monopolisèrent ses tympans, comme une mélodie de fond inquiétante. Deux empreintes de mains sanglantes se révélèrent sur les parois, elles le suivirent, progressèrent à mesure qu'il s'engouffrait plus loin.

Elles guettèrent patiemment le moment où Heath se retrouva en arrière puis s'agrippèrent à son cou et se mirent à serrer. Il tenta de les retirer, mais elles n'avaient aucune consistance matérielle. Il ne pouvait qu'étouffer en silence. Il s'écroula contre un des murs. Le raffut attira l'attention de Cliff qui se trouvait quelques pas en avant. Il accourut sans attendre. À peine fut-il aux côtés de Heath que l'illusion délirante s'évapora pour laisser à nouveau place à la réalité.

Le contremaître trop avancé ne l'avait heureusement pas remarqué. Cliff lui cria qu'ils en avaient assez observé et qu'ils désiraient rebrousser chemin. Ils sortirent. Après avoir remercié l'employé, ils se retrouvèrent seuls.

— Qu'est-ce qu'il t'arrive Heath ? Qu'est-ce qu'il s'est passé à l'intérieur ?
— Je pensais que tout irait mieux avec ta réapparition, mais en fait tout ne fait qu'empirer. Je vois des choses, des visions incompréhensibles, monstrueuses.
— Tu es harassé mon frère. Cet épuisement commence à avoir des répercussions sur ton esprit, il dérive, ton cerveau n'est plus à même de faire la différence entre rêve et réalité. Il faut te reposer. Rentrons.

Jour 3 : Le condamné

À la suite de l'incident survenu dans l'après-midi, Heath ne fut pas d'humeur à s'attarder une fois le repas terminé. Il se dirigeait en direction de sa chambre quand il fut interpellé par Cliff.

— Tu vas mieux Heath ?
— Ne t'inquiète pas pour moi, je veux juste m'allonger et dormir. J'en ai plus que besoin.
— Tu as raison. Tiens, maman t'a préparé une infusion, elle m'a assuré que cela t'aiderait à t'endormir. Tu te souviens ? C'est celle que papa buvait chaque soir.
— Tu la remercieras pour moi. Hey Cliff! Merci pour aujourd'hui et... et aussi de n'avoir rien dit à la famille. Heureusement que tu es le seul à m'avoir vu ainsi, sinon, j'aurais perdu en crédibilité.
— De rien. Tu sais bien que devant moi, tu n'as pas à avoir honte de quoi que ce soit.

Assis dans son lit, Heath but le remède qui se voulait miraculeux et s'allongea. Il ne put déterminer si c'était les effets de la boisson ou de la fatigue accumulée, mais il s'endormit promptement.

Ses yeux s'entrouvrirent lorsque le tintement de deux heures retentit à l'horloge.

— Heath...

Il crut avoir mal entendu lorsque son nom fut prononcé pour la première fois. Il ne broncha pas. Il se tourna sur le côté.

— Heath..., réitéra une voix murmurante. Heath...

Cette fois, il comprit que c'était bien son prénom qui était prononcé. Il n'osa pas bouger, il ignora sciemment l'appel. La sollicitation se répéta inlassablement. Son esprit ne parvint pas à l'occulter, au contraire rien d'autre n'existait.

Heath perturbé, n'avait aucune envie de se retourner et de faire face à de nouvelles hallucinations d'horreur, mais son corps lui ne fut pas du même avis. Sans que Heath ne le contrôle, il se renversa en direction de l'origine du phénomène. Heath força sur ses paupières pour les garder fermer. Il ne voulait pas voir. Mais il n'eut pas assez de domination sur sa propre chair. Ses cils se décollèrent lentement, les yeux s'ouvrirent petit à petit. De prime abord, son subconscient rejeta la vision, il ne reconnut pas l'individu qui se tenait devant lui. Il lui fallut plusieurs secondes pour comprendre qu'il s'agissait de son père, son père décédé.

— Papa, s'exclama Heath sitôt l'information assimilée par son cerveau.

L'être en face de lui ne bougea pas, se contentant de répéter le prénom en boucle. Heath, quant à lui, repoussa le drap qui recouvrait son corps et entreprit de se lever. Maintenant qu'il s'était redressé sur son lit, qu'il se trouvait presque debout, la porte de sa chambre s'ouvrit d'un coup violent. Là, derrière son père se tenait la silhouette de celui qui était venu hanter la pièce la nuit précédente et qui s'était évaporé avant qu'il ne puisse l'atteindre.

Ce dernier agrippa le père et lui trancha la gorge d'un coup sec. Un jet puissant s'échappa alors de la blessure, Heath reçut des éclaboussures, ce n'était pas du sang, le liquide était jaunâtre presque vert, comparable à de la bile, visqueux comme des glaires. L'afflux était important, il se déversa en quantité, au sol, sur les murs, les meubles, le lit.

Heath surmonta l'écœurement qui l'envahit pour se précipiter vers la dépouille étendue, mais celle-ci disparut avant qu'il n'ait le temps de la rejoindre. Il ne restait que l'ombre debout, un sourire se dessina une fois encore sur ses lèvres, puis un léger ricanement se répandit.

— Tu seras le prochain ! lui annonça avec assurance l'entité avant de fuir.

Sans réfléchir, Heath le poursuivit. L'autre courait vite, mais Heath ne se laissa pas distancer. Cette fois, il ne devait pas le perdre de vue. Il fila à en perdre haleine. Ses poumons brûlaient, ses muscles étaient endoloris, mais il ne s'arrêta pas. Sa persévérance paya puisqu'en fin de compte il réussit à le rattraper dans la grange. Il l'agrippa. Cet être était donc bien de chair. Il le jeta au sol et commença à le marteler de coups de poing. Son ennemi ne riposta pas, ne se défendit pas, il se contenta de se laisser malmener.

Le visage souriant narguait Heath qui enragea plus encore. Il frappa plus fort, la peau de sa main se fissura sur les dents qui furent arrachées sous la brutalité des impulsions qui s'abattaient sur la figure. L'une d'elles se logea dans la phalange de Heath, mais cela ne l'empêcha pas de poursuivre. Il laissa ressortir sur le corps face à lui toute l'exaspération des derniers jours.

Les projections d'hémoglobine atteignirent ses yeux, il continua à se défouler même lorsqu'il fut dans l'obligation de clore ses paupières, même lorsqu'elles pénétrèrent dans sa bouche. Au lieu de le freiner, tout comme un animal excité par la vue du sang cela ne fit que l'attiser, le stimuler encore plus.

Ce ne fut que lorsque le crâne au sol ne ressembla plus qu'à un tas de chair bouillie, plus qu'un mélange d'os et de cervelle éparpillée qu'il se stoppa. Satisfait de son œuvre, il se mit à rire comme l'avait fait l'autre avant lui. Sur sa droite, il aperçut une pelle, il se leva pour s'en saisir. Il la plaça sur ce qu'il restait de trachée.

— Tu te trompais, je ne serai pas le prochain, je ne le serai jamais !

Il enfonça la pelle d'un geste vif, la tête fut séparée du corps.

Soudain, un hurlement vibra dans la grange, la lumière éclaira la pièce.

— Heath, qu'as-tu fait ?

Face à lui sa sœur le visage déformé par l'effroi, recouvert de larme le regardait comme un monstre. Il tourna alors le regard en direction de celui qu'il venait de vaincre, mais au sol, aucun homme, seulement le vieux chien du foyer, massacré, décapité.

— Je... je... ce n'est pas ce que... j'étais à la poursuite de quelqu'un, un intrus... je te jure.

Alertée par le bruit, toute la famille arriva auprès du duo. La mère geignit, la femme de Cliff mit sa main sur les yeux de son fils pour qu'il ne puisse observer le tableau d'épouvante.

— Heath, lâche cette pelle ! lui commanda Cliff.

Il s'exécuta sans opposer de résistance tout en reculant. Il trébucha, tomba, gémit, marmonna, se maudit tout en plaçant sa figure entre ses paumes.

— Rentrez à la maison. Je m'occupe de tout, enjoignit Cliff au reste du groupe.

Et tout comme il l'avait dit, il se chargea de tout. Il enterra le cadavre pendant que son frère se lamentait, ensuite, il lava ce dernier. Pas une parole ne fut prononcée entre les deux. Cliff ne demanda pas à Heath ce qu'il s'était passé. Il élimina de la grange toute trace de l'horrible événement puis remonta se coucher.

Heath, lui, ne put se rendormir, le matin, il rejoignit directement son bureau sans saluer aucun des membres de la famille. Il s'y enferma toute la journée jusqu'au dîner pour lequel il ressortit finalement retrouver les autres. À son entrée dans la pièce, le silence prit place. Personne n'osa dire un mot, encore moins aborder l'accident de la nuit. Seul son frère se rapprocha et lui chuchota à l'oreille.

— Content de te voir enfin sortir de ta caverne, j'ai cru que tu te préparais à hiberner.

La réplique décocha un léger sourire à Heath, son complice retrouvé était le seul à réussir à le faire rire dans de telles circonstances. Le repas fut calme, Cliff et Heath discutèrent dans leur coin à voix basse. Toutefois, Heath sentit tout au long de la soirée les regards tour à tour interrogateurs, accusateurs, même de dégoût à son égard.

Plus tard, tandis que tous étaient couchés depuis longtemps, Heath, assis dans le petit salon, redoutait lui de rejoindre son lit et les cauchemars qui l'accompagnaient. Il ne s'y rendit qu'épuisé de fatigue cependant que la nuit fût déjà bien avancée. Alors qu'il s'assoupissait, il perçut le craquement de la porte de sa chambre qui s'ouvrait, des pieds qui se posaient sur le parquet l'un après l'autre dans sa direction. Heath se saisit du colt qui désormais ne le quittait plus même dans sa couche.

Encore un peu. Il devait attendre que sa cible soit plus proche. Quand elle fut tout près du rebord boisé, qu'il sentit la main qui se rapprochait de lui, il surgit de sous son édredon et plaça son canon sur le front de l'intrus.

— Cliff, que fais-tu ici bon sang ! Pourquoi entres-tu comme un voleur ? J'aurais pu te tuer.

— Tu ne ferais jamais ça, je le sais.

— Qui y a-t-il de si important pour que tu te faufiles dans ma chambre au milieu de la nuit ? Un problème dans le domaine ?

— Heath, je me souviens ! Je me souviens du chemin que j'ai emprunté pour rentrer. Je souhaiterais retourner à l'endroit où je me suis réveillé, peut-être là-bas les choses pourraient me revenir, peut-être serais-je à même de comprendre.

Heath devina alors que Cliff n'avait pas mis de côté l'envie de résoudre le mystère de sa propre disparition. D'abord confus en réaction à la révélation du retour de la mémoire de ce dernier, il resta muet. Il prit le temps de réfléchir avant de répondre.

— D'accord Cliff, je t'accompagnerai demain, nous nous y rendrons avec tous les autres.

— Non ! affirma Cliff. Je dois y aller ce soir, je... je veux y aller ce soir. Tu es le seul sur qui je peux compter, tu es le seul à pouvoir m'aider. L'autre fois, tu m'as dit que je pouvais te solliciter pour quoi que ce soit, aujourd'hui, c'est cela que je te demande. Je sais que c'est beaucoup exiger de ta part compte tenu des derniers jours et des événements de la nuit d'hier, les choses ne sont pas faciles pour toi, mais c'est important pour moi. Nous devons y aller tout de suite.

— En pleine nuit ? C'est bien trop dangereux.

— Je t'en supplie Heath, j'en ai besoin, pour surmonter tout ça, pour évacuer ce traumatisme qui me hante depuis que je suis rentré et que je me suis efforcé de dissimuler depuis pour vous épargner. Je suis contraint de faire ça maintenant, je le sens au fond de mes entrailles, comme une nécessité, au même titre que le serait l'obligation de respirer.

Ne pouvant pas soumettre de refus face à une telle requête déchirante, il suivit Cliff. Depuis que ce dernier était revenu, Heath avait ruminé tant de pensées noires qui avaient accaparé son esprit, qu'il n'avait même pas songé à ce que celui-ci pouvait ressentir. Comme toujours, il avait fait preuve d'égoïsme en ne pensant qu'à son propre mal-être et en ne s'inquiétant pas pour autrui. Au vu des circonstances récentes, aux yeux du monde son frère était assurément le plus à plaindre.

Cliff passa devant, Heath le talonna. Cliff semblait parfaitement se remémorer le trajet, il n'hésita pas un instant, il ne se trompa pas, il était efficace, sûr de lui. Heath fut même étonné de l'aplomb avec lequel son cadet avançait à travers ces chemins sinueux et peu praticables. Pour quelqu'un qui ne se souvenait de rien quelques heures auparavant, sa mémoire était désormais claire et précise. Après une chevauchée nocturne qui n'eut rien d'aisé, ils parvinrent à l'endroit de l'éveil de celui qui avait été presque mort.

Tout comme Cliff l'avait décrit avec le peu de souvenirs qu'il avait le jour de son retour, le site était à l'écart de tout et de tous. Tous deux descendirent de leur monture respective. Cliff s'avança à travers des buissons pour accéder à un creux dans la boue, une alvéole à taille humaine, une fosse, une tombe.

— C'est incroyable que ce souvenir te soit revenu, mais pas le reste. Je me demande bien ce qui a pu se passer pour que tu en perdes la mémoire, exprima Heath brisant de la sorte le silence qui avait paru s'éterniser.

— Peut-être que ce qui m'est arrivé est une punition pour ce que nous avons fait à papa, mon châtiment pour le parricide que j'ai su que tu avais commis sans te dénoncer. Mon admiration, mon amour pour toi était trop fort, tu as joué sur ses sentiments pour me faire taire.

— Ne dis pas ça. Je devais le faire, il nous aurait privés de notre héritage avec ses rêves de changement. Ils voulaient tout dépenser pour les autres, les pauvres, les enfants, construire des écoles, engager les meilleurs enseignants. Pourquoi ? Cet argent nous revient de droit, c'est ce que notre famille a gagné durant des années de dur labeur à l'Est et à leur arrivée ici. Pourquoi s'entêter à jouer les bons samaritains ? Les choses ne fonctionnent pas comme ça à l'Ouest, la règle sur ces terres, c'est le chacun pour soit.

— Il aspirait à ce que sa vie serve à autre chose que d'amasser des fortunes dont on ne fait rien alors que d'autres n'ont que peu pour vivre.

— Je ne vois pas pourquoi tu reviens sur ça, nous avions juré de ne plus jamais aborder ce sujet.

— C'est vrai, tu as raison. C'est donc sûrement parce que tu as lu ma lettre d'aveux que tu as voulu me faire disparaître à mon tour, lança Cliff.

— Je croyais que tu ne te souvenais de rien, bafouilla Heath interloqué.

— Apparemment, tout comme toi je suis un excellent menteur. Ne t'inquiète pas, ce que tu m'as fait m'a donné à réfléchir, il n'y a pas de place pour la culpabilité dans ce monde. Je ne leur dirai rien en ce qui concerne papa ni pour toi d'ailleurs.

— Que vas-tu me faire ?

Cliff ne répondit pas, il se contenta d'un simple sourire narquois en guise de réponse. Heath le fixait ne sachant que faire. Il tenta de sortir discrètement son colt de l'étui, mais ses doigts tremblaient, il ne parvenait pas à l'en tirer, il dut à ce moment-là abaisser les yeux pour voir ce qu'il faisait, car la tension de la situation et la crainte qu'il ressentait l'avaient rendu malhabile.

— Je ne ferais pas ça si j'étais toi, lui lança alors une voix.

Il releva instantanément la tête, devant lui, la physionomie de l'indien occupait la place du visage de Cliff, son arme s'échoua dans la vase.

— Cliff, t... ton visage... ta... voix.

Cliff revint, puis repartit, les traits ne cessèrent de fluctuer. Les profils des deux figures permutaient, s'entremêlaient, se séparaient, le frère puis l'indien, puis le frère, ils passèrent d'une apparence à l'autre.

— Qu'est-ce qu'il t'arrive Heath ? Tu n'aimes pas mon nouvel ami ? Je sais que tu te souviens de lui pourtant. Les drogues que j'intègre depuis trois jours à tes boissons t'ont, je m'en suis assuré, aidé à te remémorer tes crimes et tes victimes. Je m'en veux néanmoins pour le chien qui a été un dégât collatéral de toute cette histoire.

— Comment est-ce possible ? Que... que se passe-t-il ? bégaya Heath sidéré.

— Sa seule faute aura été de surprendre ton accord crapuleux avec les bandits que tu avais chargé d'éliminer la concurrence. Ces destructions de gisements étaient donc de ton fait. Tu te croyais à l'abri des regards dans la mine en pleine nuit pour tes négociations criminelles, mais ça n'était pas le cas.

Tu as voulu l'empêcher de tout révéler, alors tu as tué son corps certes, mais son âme avide de vengeance était prisonnière de ce lieu où tu l'as enterré comme un animal, sans qu'il puisse en sortir. Jusqu'à cette date où tu m'as abandonné à quelques pas d'ici, mort, après que tu m'aies poussé de la falaise, ton propre frère, moi qui ai toujours été loyal, ton plus fidèle acolyte, malgré tout ce que tout le monde disait sur ton absence de compassion, de cœur, je t'ai constamment défendu.

Ton erreur a été de permettre aux dépouilles de tes victimes de se retrouver dans la même zone. Toi qui es en général un stratège hors pair, qui ne cèdes aucune place à l'imprévu, je trouve que tes capacités de tueur laissent à désirer, tu n'as pas fait preuve de beaucoup de réflexion. Car oui, je te le dis Heath, c'est exactement ce que tu es, un assassin sans aucun remord, prêt à tout pour garder tes secrets et sauvegarder tes propres intérêts. Un égoïste comme ils l'ont toujours affirmé. Un meurtrier qui exécute mal sa tâche soit dit en passant.

Bly n'était pas mort quand tu l'as inhumé. Durant trois longues journées, il a agonisé, étouffé par le terreau qui emplissait sa gorge et ses poumons. Il a souffert le martyre sous la douleur des balles dont tu l'avais transpercé. Les perforations soumises aux bactéries du sous-sol se sont infectées et transformées en orifices purulents. Malgré tout cela, le sort ne semblait pas vouloir l'achever, abréger ses souffrances. Trois jours d'enfer qui l'ont rendu fou, plein de haine et d'un besoin de revanche. Si bien que lorsque son corps à bout de force s'est éteint, son esprit lui n'a pas pu disparaître.

Durant tous ces mois, coincé dans un périmètre de quelques pas seulement, dont il ne pouvait s'échapper, il tournait en rond, un fantôme errant à la surface de la Terre dont la rancune ne faisait que croître avec le temps avançant. C'est peut-être tout ce temps passé, toute cette rage, cette envie, cet impératif de justice avant de partir pour de bon qui lui a permis de devenir plus robuste, assez puissant et vigoureux pour ce qui allait survenir après.

Je venais de m'échouer dans la boue suite à ma chute, d'expier mon dernier souffle quand Bly m'a trouvé. L'essence qu'il restait de lui m'a ramené. En se liant à moi et fort des dons que possède son peuple depuis des siècles, il m'a fait revenir, il m'a aidé pour que je l'assiste à mon tour, afin que je le venge, que je rende le mal pour le mal, pour papa y compris. *Pourquoi me secourir? Alors que j'étais au courant de ce que mon frère avait fait ? Que je l'avais couvert pour l'assassinat de notre propre père ?* lui avais-je alors demandé.

De nouveau se fut la physionomie de l'amérindien qui se posa sur la face de celui qui parlait.

— Contrairement à lui, ton cœur n'est pas noir. Tu as des remords d'avoir participé d'une quelconque manière à tout cela, je le sens. Qui plus est, tu es le seul à pouvoir nous venger pour les morts injustes dont nous avons été les proies, sans moi tu n'es plus rien, sans toi je ne peux rien, lui avais-je répondu, ajouta l'indien en place avant de redonner la parole à Cliff.

— Tu as fait trois victimes, trois jours durant Bly a dépéri, tes tourments ont donc eux aussi duré trois journées, mais tout comme ceux de Bly, ils vont prendre fin. Nous nous montrerons magnanimes, nous ne sommes pas comme toi.

Cliff se saisit alors du tomahawk qu'il avait dissimulé dans sa sacoche, c'est avec cette arme qu'il comptait prendre la vie de son frère en déférence à celui qui l'avait ramené d'outre-tombe. Sans que son opposant n'ait la possibilité de réagir, il jeta la hache dans un des genoux de celui-ci qui tomba au sol.

— Mes jambes se sont brisées quand tu m'as poussé de la falaise.

Cliff s'avança, retira l'ustensile affûté qu'il planta dans le second tibia qui se rompit sous l'intensité du coup. Heath rugit de douleur. Il s'en saisit à nouveau en prenant son temps, en l'écartant lentement, en le faisant bouger à l'intérieur de la plaie, pour l'enfoncer ensuite dans une épaule puis dans l'autre. Heath cloué au sol ne pouvait plus se servir de ses membres.

— Mes épaules se sont disloquées, ajouta Cliff en délogeant l'arme tranchante de son écrin de chair.

Petits récits macabres 63

Il s'agenouilla près du corps endommagé, qui tel un ver de terre, tenta de ramper, mais sans l'aide de ses bras et de ses jambes, il ne put aller bien loin. Le visage à moitié enfoui dans la fange, la bouche recouverte d'humus, il leva le regard vers son frère. Des larmes noires semblables à de la mélasse se mirent à couler de ses yeux bourbeux. Il pleura pour la première fois de sa vie.

— Je t'en supplie, épargne-moi, j'ai compris la leçon. Je m'en suis tant voulu pour ce que je t'avais fait, j'étais si tracassé, tu l'as vu toi-même lors de ton retour, je n'étais plus le même.

— Tu mens. Tu n'étais pas tracassé comme tu dis à cause de ce que tu m'avais fait, mais parce que tu étais effrayé, en revenant, je mettais à mal tes plans, pour une fois tu ne contrôlais plus rien, tu avais la hantise que je me souvienne. T'observer te renseigner d'une manière que tu croyais subtile sur ma mémoire m'a beaucoup amusé, je dois te l'avouer.

Encore aujourd'hui tu ne pleures pas du fait de tes prétendus remords, la vérité est que tu as peur de mourir. Au même titre que tu l'as fait toute ta vie, tu ne penses qu'à toi, tout n'a toujours tourné qu'autour de toi. Tu n'as jamais fait preuve d'aucune clémence envers personne, par conséquent c'est un droit que je te refuse à mon tour, rétorqua Cliff.

Il se saisit de la cheville de Heath. le sang qui imbibait le pantalon recouvrit la main de Cliff qui tira son frère vers l'arrière et le retourna. Heath fit de nouveau face au visage de l'indien.

— Six balles, un barillet entier, c'est ce que tu m'as offert, j'en ferai de même envers toi.
Du tranchant de l'arme, il s'exécuta sur le torse de celui qui l'avait laissé exsangue, seul dans le noir des entrailles

de la Terre. Six mouvements lui suffirent, comme il l'avait promis.

— Papa n'est pas là, mais il mérite lui aussi que sa mort soit punie.

Heath comprit alors qu'en empoisonnant sa tisane pour faire croire à un infarctus, c'est à la gorge de son père qu'il s'en était pris, c'est sa gorge qui serait la dernière cible de Cliff. Le sang jaillit.

En s'approchant de la fenêtre ce matin-là, Cliff savait que rien ne serait plus jamais comme avant. La famille devrait en effet faire face à une nouvelle disparition, celle de son frère. Mais cette fois, le disparu ne reviendrait pas, il s'en était assuré.

La fontaine aux souhaits

S'il vous plaît, envoyez-moi quelqu'un, quelqu'un qui ne m'abandonnera jamais, quelqu'un qui sera à mes côtés, qui m'aimera et m'aidera à affronter les difficultés de la vie, à affronter ce monde, je n'y arrive pas seule.

Une pièce de monnaie jetée dans l'eau et je m'éveillai. Ma venue au monde fut bercée par le clapotis, les jets qui s'échouaient dans le bassin, les remous, mais, une chose en particulier se détacha, elle émergea au milieu de cette mélodie de fond, sa voix. Elle me captiva, je ne pus en détourner mon attention. Après tout, c'était sa requête qui m'avait permis de naître en ce jour. Elle ne le savait pas encore, mais je l'avais entendue, son invitation avait bien été reçue.

À ce moment-là, tout était pourtant très abstrait, tout me semblait flou, je ne voyais rien, je ne pouvais rien sentir, seulement écouter ce chant qui eut l'air à la fois lointain et plus proche que jamais. Mon état de conscience ne dura que quelques secondes.

À mon retour, j'étais allongée dans un lit. Incapable de me mouvoir, je ne pouvais que contrôler les paupières de ce corps. Les ouvrir, les fermer, les rouvrir, cela me demanda déjà un effort conséquent, toute l'énergie dont je disposais parut drainée par l'accomplissement de cette tâche.

Je me mis à observer la pièce autour de moi puisque c'était là la seule chose que je pouvais faire. Mon champ de vision était restreint, car il m'était impossible de tourner la tête. Le lit, la commode accolée au mur sur laquelle étaient jetés des vêtements et les étoiles phosphorescentes collées au plafond me permirent de déduire que je me trouvais dans une chambre à coucher. Je ne restai ranimée que peu de temps, rapidement, je plongeai encore dans le noir, le néant.

La troisième fois, je réapparus en réponse à son appel, je fus invoquée par sa voix. Cette fois-ci, je n'étais pas dans le corps, j'étais face à lui, face à elle plus exactement. Je n'avais pas de substance matérielle, je n'étais qu'un reflet dans le miroir.

Tandis qu'elle se tenait tête baissée sans pouvoir me voir, j'eus alors tout le loisir de l'observer, d'étudier cette physionomie qui après tout était aussi la mienne puisque je lui ressemblais trait pour trait. Les mêmes cheveux châtains, des pupilles brunes, presque noires, nos oreilles quelque peu décollées, les grains de beauté, tout était parfaitement identique.

Soudain, je notai une goutte translucide qui s'écoulait de son œil, elle avança le long de sa joue, roula sur son menton puis s'échoua au sol. Peu de temps après, d'autres la rejoignirent. Une petite flaque humide se dessina sur le carrelage de ce que j'avais identifié comme étant une salle de bain. Immédiatement, elle se couvrit le visage de ses deux mains qui se retrouvèrent trempées à leur tour. Cette maigre protection ne m'empêcha pourtant pas de repérer les larmes qui continuaient de se déverser.

Elle était si profondément malheureuse. Son chagrin me toucha comme s'il était le mien. J'eus la sensation de suffoquer. Mon cœur compressé, agité, formait une pointe irradiante dans ma poitrine. Ma respiration était restreinte, entrecoupée. Mes yeux me démangeaient, me gênaient, étaient endoloris.

À cet instant, je compris qu'en dépit de notre physique similaire, nous étions différentes sur un autre point. Nous n'avions pas le même tempérament, pas le caractère. La tristesse qui s'empara de mon être par procuration, par prolongement, se mua rapidement chez moi en colère. La voir dans un tel état me rendit furieuse.

Je devais agir, je ne pouvais pas la laisser endurer toute cette peine plus longtemps. J'étais là pour ça, c'était ma tâche, mon devoir, ce pour quoi j'étais née. J'étais son double, son doppelgänger, pas à la William Wilson ou à la M. Hyde, non bien sûr, moi, j'étais ici pour son bien. Elle avait appelé à l'aide, j'étais venue pour elle et sans cheval blanc, je la sauverais de ce monde horrible.

Je tentai d'attirer son attention, de lui faire relever la tête dans ma direction, je voulus crier, j'ouvris ma bouche en grand, elle se tordit, grimaçante, mais aucun son n'en sortit. Je frappai de toutes mes forces de l'intérieur de la vitre, si fort que mes poings en devinrent douloureux, mais rien n'y fit, elle ne m'entendit pas. La seule chose que je pus faire fut d'écouter ses pleurs, d'entendre ses plaintes, ses soupirs sans pouvoir soulager sa peine. Cela me brisa le cœur. Je m'évanouis à nouveau.

Lorsque je retournai pour la seconde fois dans sa chair, j'étais irritée, je sentis immédiatement qu'elle n'allait pas bien. Son sommeil n'était pas apaisé, son être stressé, tendu, ses muscles contractés, sa mâchoire crispée. Le tourment ne l'avait pas quittée. Ils l'avaient encore fait souffrir. Je devais les en empêcher, je devais les forcer à payer.

La fureur que je ressentais me rendit plus forte. C'est elle qui me donna la capacité de prendre le contrôle, de m'approprier en cet instant son corps. Je bougeai le bout des doigts, puis la main, je caressai le drap qui se froissa sous la pression qu'exerçait ma paume. Juste après, je commençai à gesticuler, à éprouver chaque partie de ce corps qui était pour le moment mien.

Je n'avais pas pensé qu'un individu puisse être si lourd, si compliqué à mouvoir. Les humains semblaient pourtant le faire sans difficulté, sans y réfléchir alors que moi j'étais obligée de calculer chaque geste que je désirais effectuer, de lui en donner l'ordre directement.

Laborieusement, je me levai du lit où j'étais allongée. Je posai un pied après l'autre avec prudence, après tout c'était la première fois que je marchais. Mes jambes s'entrechoquèrent, je manquai de trébucher à plusieurs reprises, mais je réussis à faire quelques pas avant de me cogner contre une extrémité en fer et de tomber au sol.

Je m'améliorai les essais suivants, mais comme un nouveau-né, je devais assimiler chaque chose et progresser petit à petit. Heureusement, j'apprenais vite. Après une deuxième tentative infructueuse, je pus sortir et faire quelques foulées hors de la chambre. Ce soir-là, j'avançai en vacillant, mais dès le lendemain, je me déplaçai déjà avec plus d'assurance.

L'expérience que je gagnais me permit de devenir plus habile, je pouvais désormais visiter chacune des pièces de la maison, marcher de longues minutes avant de perdre la maîtrise du corps que je partageais avec elle.

Une nuit, sur son agenda je lus *Rendez-vous 17 h 30 somnambulisme*. Bien sûr, elle ne savait pas que j'existais, que j'étais avec elle, pour elle et que je m'efforçais de trouver la force de la protéger, que je passais des heures à m'entraîner pour enfin devenir un véritable soutien pour elle. Se retrouver allonger au sol de sa chambre et se rendre compte que des objets avaient été renversés alors qu'elle dormait, avait dû la perturber et la porter à croire qu'elle se levait dans son sommeil.

J'attrapai l'agenda et le stylo posé à côté. Et si je lui écrivais un mot ? Non. Cela n'était pas une bonne idée, elle ne serait que plus déstabilisée, il fallait que je lui parle directement, c'était la seule manière d'attester de la réalité de mon existence. Je lâchai le stylo. Alors que je tenais encore le carnet, je me rendis compte que c'était là la première fois que je touchais un objet.

Je m'étais jusqu'à ce soir-là contentée de déambuler dans l'appartement afin d'améliorer ma démarche et de gagner de l'emprise sur cette enveloppe de chair. Si je pouvais désormais interagir avec mon environnement, cela signifiait que mon apprentissage portait ses fruits, je parvenais enfin à le dominer comme s'il était réellement à moi.

Satisfaite de cette petite victoire, mes yeux se fixèrent sur la porte d'entrée. Je m'en approchai, posai ma main droite sur la clé que je tournai puis j'appuyai sur la poignée. La barrière de bois s'ouvrit et j'aperçus un long couloir devant moi. Le dehors me faisait envie, je voulais expérimenter ma nouvelle influence.

J'allais sortir un pied, mais je n'en fis rien. Je ne pouvais pas faire cela. Je ne pouvais pas m'autoriser à quitter le domicile. Qu'adviendrait-il d'elle si je venais à être éclipsée alors que j'étais à l'extérieur ? Elle se retrouverait endormie on ne sait où et cela la placerait en position de danger. Je devais faire en sorte qu'elle accepte notre cohabitation interne, peut-être un jour elle me laisserait les rennes durant son éveil et alors je pourrais voir le monde.

Malgré mes efforts, je restais pourtant encore loin d'avoir atteint cet objectif. Tout d'abord, je n'émergeais que lorsqu'elle s'assoupissait, je ne pouvais donc pas communiquer avec elle, ensuite, il m'était impossible de l'aider dans la vie au grand jour, de gagner sa confiance ou même de comprendre la cause de sa souffrance. L'unique chose que je faisais était de la regarder pleurer le soir devant le miroir, sentir son corps agité durant son sommeil alors qu'elle se débattait avec ses démons intérieurs.

À chaque nouvelle manifestation, à chaque fois que je me glissais dans cette peau et que j'y entrevoyais la douleur, la détresse, je ne faisais que me remplir de rancœur et d'amertume comme si je m'en alimentais. Tout ceci avait pour conséquence de renforcer ma rage, la rendre plus violente, plus puissante, irréversible, je n'étais que noirceur et haine. J'étais animée d'un désir de représailles.

Aucun sentiment positif ne parvenait à subsister en moi. Je me sentais pitoyable, médiocre. J'aurais voulu la rassurer, lui dire que j'étais là pour elle, qu'elle ne serait plus seule. Je l'appelais à travers les divers miroirs de la maison, mais elle ne voyait jamais, ne m'entendait jamais. Nous n'étions jamais actives dans le corps en même temps. Comment pouvais-je lui faire comprendre ?

Ce jour-là, je fus tirée de ma veille brutalement. Quand je pris conscience, le soleil était levé, nous étions dans la journée, j'étais debout, enfin, elle l'était, car je ne contrôlais pas le corps, elle le faisait, je n'étais qu'une observatrice. Pour la première fois, nous étions ensemble dans le corps. Elle était affligée. Cet état d'accablement avait stimulé mon instinct. C'était son découragement qui avait réussi à me faire venir, à produire ce que j'avais cherché en vain à atteindre depuis des semaines. J'étais en fin de compte là à ses côtés.

Devant elle, il y avait une femme. D'âge moyen, les cheveux tirés en arrière en un chignon strict, son visage déformé par le mépris démontrant le sentiment de supériorité qu'elle ressentait envers son interlocutrice, elle tendait sa main menaçante vers nous.

— Ce travail est d'une nullité ahurissante.

— Mais, c'est pourtant vous qui m'avez ordonné de le faire ainsi.

— Oseriez-vous affirmer que tout cela est de ma faute ? Que je suis l'incompétente ?

— Non madame, ce n'est pas ce que j'ai voulu...

— J'espère bien.

Elle continua son monologue de reproches tandis que nous restions silencieuses. Notre corps tremblait, nos mains étaient moites, un poids considérable pesait sur notre poitrine l'écrasant si fort que l'air peinait à entrer et à ressortir, nous plaçant presque en état de suffocation. Notre vue embuée commença à se troubler, l'humidité l'envahit, je sentais qu'elle tentait de retenir des larmes.

Les réprimandes et insultes de la femme qui nous faisait face s'estompèrent peu à peu dans mon esprit pour ne plus former qu'un brouhaha, un couinement inaudible, mais agaçant, insupportable. Pourquoi ne se défendait-elle pas ? Pourquoi se laissait-elle parler de la sorte ? Traitée comme si elle était une moins que rien ? Puis, je perçus ce sentiment au fond d'elle, je crus d'abord que c'était la peur, mais je compris rapidement que ce n'était pas vraiment cela.

Il se passa alors quelque chose que je n'avais jamais vécu auparavant. Un souvenir lui revint en mémoire et je le partageai avec elle. Elle avait à en juger sept ans et se tenait en face d'un homme. Au vu de la ressemblance frappante entre eux, je devinai qu'il s'agissait de son père.

— Est-ce que tu dois partir parce que je ne suis pas une bonne fille ?
— Non pas du tout ma chérie. Tu es parfaite, tu es si gentille avec tout le monde, jamais un mot plus haut que l'autre. Tu dois me promettre que tu le resteras toujours.
— Je te le promets, papa.
Puis, l'homme s'éloigna pour ne jamais revenir. Je compris alors que son comportement d'aujourd'hui était la conséquence de ce jour-là. Il s'agissait d'une envie, d'une obligation de se comporter en parfaite petite fille. Peut-être pensait-elle qu'ainsi il rentrerait à la maison.

Cependant, elle poussait cette volonté à outrance, se laissant écraser sans riposter pour ne pas trahir ce modèle qu'elle s'était juré d'être. Ce serment elle l'avait fait à un père qui quittait son enfant et était de ce fait le seul à blâmer. Toutes ses années elle avait persisté dans cette voie avec l'espoir de le retrouver. Toutes ses années, elle avait contenu son mal-être, n'avait pas créé de problèmes, ne s'était jamais défendue.

C'était pour cela qu'elle m'avait appelée, parce qu'elle n'avait pas la possibilité de céder, de s'abandonner à ses inclinations les plus noires qu'elle réprimait. Mais moi, je n'étais pas elle, je n'avais aucun engagement à honorer, aucun idéal de vertu à tenir, moi je n'étais là que pour empêcher quiconque de lui faire du mal.

La scène à laquelle j'étais en train d'assister était une des raisons de ma présence. La voix horripilante de la furie qui nous faisait face revint à la charge, faisant monter une tension irrépressible, je n'entendais plus qu'elle, elle résonnait dans ma tête, se propageait tel un nuage de fumée, envahissant tout l'espace jusqu'à ce qu'il ne survive plus qu'elle à la fin. Elle forçait mes limites, me mettait à l'épreuve, je ne parvenais plus à rester calme, j'étouffais.

Petits récits macabres

Notre corps qui jusque là avait réagi aux sensations de ma colocataire, à sa tristesse, sa nervosité, se raidit. Mais, ce fut cette fois en réponse à mon ressenti, les muscles de chaque membre se crispèrent, la mâchoire se contracta, les dents grincèrent, je sentis une chaleur se diffuser dans les joues qui s'empourprèrent. Je réprimai un juron qui manqua presque de sortir d'entre nos lèvres.

C'était ma chance ! C'était ma pensée qui influençait cette enveloppe charnelle. Peut-être se mouvrait-il si je le lui ordonnais, peut-être ma volonté me permettrait-elle de le diriger, de le déplacer à ma convenance comme durant la nuit. Je me concentrai autant que je le pus, focalisant toute mon énergie dessus. Ferme les yeux ! Ferme les yeux ! Ferme les yeux ! Les paupières tressautèrent puis se mirent lentement à descendre. J'avais le contrôle. Enfin.

Je souhaitai que les doigts se plient et ils se plièrent, je désirai que la main s'ouvre et elle s'ouvrit. Je voulus que cette même main s'appose avec violence sur la joue de l'autre et elle s'y coucha avec force, avec détermination, sans vaciller une seconde. La gifle fut si puissante que mon opposante recula d'un pas. Éteinte devant pareille attaque, elle ne bougea plus, ne parla pas, se contentant de nous fixer l'air effaré.

J'en profitai pour scruter ses yeux qui rougirent, gonflèrent puis se remplirent d'un liquide salé. Lorsque la première larme se mit à descendre vers sa joue enflée sur laquelle notre empreinte était gravée avec précision, dont chaque détail, chaque ligne de la paume était reproduite, je fus satisfaite, un sourire s'afficha sur notre bouche.

Cette ignoble femme allait ressentir ce que ma protégée avait éprouvé tout ce temps. Les deux ruisseaux parallèles qui coulaient sur son visage rendirent justice à tous ceux qu'elle avait un jour blessés et j'étais certaine qu'ils étaient nombreux.

Fière de mon œuvre, enorgueillie de mon succès, je lâchai prise et perdis le contrôle. Ma colocataire reprit ses esprits et bafouilla.

— Je suis dé...

— Ne t'excuse pas! aboyai-je alors avec une intensité égale à la frénésie qui m'habitait.

Elle m'entendit, je le compris, car aussitôt ces paroles prononcées, elle se tut et regarda rapidement autour d'elle. Ne s'expliquant pas les événements qui venaient de se produire, elle se mit à reculer à grands pas pour finir par courir, elle se dirigea vers les escaliers qu'elle monta à toute vitesse sans se soucier de savoir si elle allait trébucher. Enfin, elle arriva dans les toilettes qu'elle ferma à clé pour ne pas être dérangée.

— Qu'est-ce que j'ai fait ? Qu'est-ce qu'il m'a pris ? répéta-t-elle au moins quatre fois.

Accoudée sur rebord du lavabo, elle enfouit son visage entre ses mains soufflant les mêmes mots en boucle.

Cette fois-ci, je devais lui révéler ma présence, je voulais qu'elle me voie, qu'elle m'entende, qu'elle sache que j'étais là depuis tout ce temps. Sortie du corps après avoir épuisé mon énergie et de retour en face d'elle, je commençai à frapper de l'intérieur du miroir tout en cherchant à crier, mais aucun son ne sortit. J'essayai plus fort, je grondai tout en tapant plus fort à chaque tentative. Je m'époumonai.

— Regarde-moi!

Alors que ce cri du cœur résonna tout à coup dans toute la pièce, au même moment, je donnai une dernière impulsion, vive, brutale, qui brisa la glace. Attirée par le vacarme, elle leva subitement la tête et posa son regard fixe sur moi. Mes mains saignaient, étaient recouvertes de brisures, de l'autre côté du miroir, les siennes aussi.

— Que ? Qu'est-ce que ?

— N'aie pas peur. Je ne te veux aucun mal, j'espérais juste que tu me remarques enfin.

— Je commence à devenir folle. D'abord, je frappe ma supérieure et maintenant je vois mon reflet me parler.

— Non, tu ne l'es pas.

— Se dire à soi-même que l'on n'est pas délirante est assurément la première preuve de la folie.

— Tu te trompes, ce n'est pas ce que tu crois, lui assurai-je calmement pour la tranquilliser.

— Qui es-tu ? Tu me ressembles pourtant parfaitement.

— C'est exact, car je suis comme une jumelle qui partagerait ton corps avec toi. Je suis là depuis ton vœu, celui que tu as fait en jetant la pièce dans cette fontaine aux souhaits. J'ai répondu à ta sollicitation, je suis venue pour toi.

— Ce n'était qu'une fontaine ordinaire, je ne suis pas naïve au point d'imaginer qu'elle possède des pouvoirs magiques. J'ai fait ce souhait sans réellement raisonner, peut-être qu'y croire ces quelques secondes me faisait du bien sur le moment. Mais à l'heure actuelle, j'ai les idées claires, rien de tel n'existe dans la vraie vie.

— Tu penses tout connaître, mais c'est faux. Tu dis que ces choses-là n'existent pas, pourtant c'est le cas puisque je suis apparue. Regarde tes mains. Pourquoi saigneraient-elles sinon ? J'essaie de te parler depuis tant de temps, de te faire savoir mon existence, mais je n'avais jamais réussi jusqu'à aujourd'hui.

Elle ne répondit pas, son visage perplexe, elle sembla réfléchir à quelque chose. Soudain, son expression faciale se transforma. Bouleversée, elle se remémora quelque chose, je le devinai dans ses yeux.

— Alors, c'était toi ? C'est toi qui faisais toutes ses choses durant mon sommeil ? Bouger les objets ? Et quand je me réveillais au sol, c'était de ton fait aussi ? J'ai cru être somnambule.

— Je suis désolée pour ça, c'était la première fois que je marchais.

— Cela signifie que tu peux contrôler mon corps ?

— Comme je te l'ai dit tout à l'heure, je n'ai pas d'enveloppe palpable, je vis en toi, donc oui j'ai dû utiliser ton corps pour me déplacer. Mais je n'avais pour le moment réussi que durant ton sommeil et il m'a fallu beaucoup d'entraînement pour parvenir à le maîtriser parfaitement. Aujourd'hui est la première fois où j'ai pu intervenir en plein jour alors que tu étais consciente toi aussi.

— C'est toi qui as giflé ma responsable ?

— Oui.

— Pourquoi as-tu fait ça ? Est-ce que tu réalises tous les ennuis que je risque d'avoir à cause de toi ? Je vais certainement être renvoyée.

— Il fallait bien que je te défende, je ne pouvais pas la laisser te rabaisser, t'humilier de la sorte. Je suis là pour t'assister, pour éliminer les choses qui te rendent si malheureuse.

— La gifler n'arrangera pas mes problèmes, à l'inverse, cela m'en créera de nouveau. Comment pouvais-tu imaginer que la violence réglerait quoi que ce soit ? lança-t-elle irritée.

Je ne sus quoi répondre. Depuis tout ce temps, mon objectif était de l'épauler et alors que j'avais, après tout ce temps, fait ma première vraie action en ce sens, elle m'en voulait et me sermonnait pour cela. Pourquoi ?

— Je ne pensais pas à mal en faisant cela, je désirais simplement... aider.

Elle médita quelques secondes avant de continuer.

— Cette situation semble si invraisemblable. Je suis encore en cet instant en train de me demander si je n'ai pas perdu la raison. J'ai besoin de temps pour assimiler tout ça, pour réfléchir à toi, ton authenticité.

— J'entends parfaitement tes doutes. Je ne cherchais pas à t'effrayer.

— Il y a néanmoins une chose dont je suis sûre, je n'aime pas savoir que quelqu'un contrôle mon corps sans mon accord. Je souhaiterais que tu ne le fasses plus, que cela soit comme ce que tu as fait tout à l'heure ou encore quand je suis endormie. C'est une idée qui me met mal à l'aise.

— Si cela te rend anxieuse alors je ne le ferai plus.

— Tu me le promets ?

— Oui, je t'en donne ma parole. Je vais te laisser seule un moment pour que tu puisses digérer toutes ses choses.

Je m'échappai afin de lui accorder la possibilité de remettre de l'ordre dans ses pensées. Je ne voulais pas qu'elle me déteste pour ce qui s'était passé. J'espérais que nous puissions être amies, des sœurs, unies ensemble contre le reste du monde, j'aspirais à ce qu'elle m'aime autant que je l'aimais.

Sa plongée dans l'univers des rêves me fit revenir à moi. J'étais allongée sur le dos, le regard vers le plafond. Je m'étais engagée à ne plus utiliser son corps de mon propre chef et je comptais bien tenir ma parole. Je demeurai donc immobile. J'observai les étoiles lumineuses.

Ce spectacle que je connaissais par cœur me lassa rapidement. Je me mis à regarder les aiguilles du réveil, avancer, tourner en rond, inlassablement, dans un cycle ininterrompu, monotone, oppressant. J'en détournai les yeux. Je m'ennuyais. Je voulais me lever, bouger.

Je réfléchis. Si je ne touchais à rien, que je ne laissais aucune trace de mon passage, elle ne saurait pas que j'avais usé de son enveloppe charnelle. Si elle ne se doutait de rien alors cela serait comme si ma promesse restait intacte, elle ne pourrait pas m'en tenir rigueur. Je me levai avec précaution, m'efforçant de ne rien déplacer, ne rien bousculer. Il ne fallait pas qu'il y ait une seule preuve de mon aventure nocturne.

Malheureusement pour moi, je fus prise, plutôt le corps hôte fut assailli par une soif soudaine. La bouche et la gorge sèche, la salive peinait à être avalée. J'avais besoin de boire, mais elle ne devait pas le savoir. Je m'avançai vers l'égouttoir à vaisselle, un verre y était posé pour sécher. Je ne m'en saisis pas de suite, avant cela, je scrutai minutieusement chaque détail de sa position, de son orientation. Je mémorisai le tout puis l'attrapai sans rien toucher d'autre.

Alors que je soulageais la soif, je m'aperçus que son ordinateur installé sur la table basse était en veille, une fois de plus elle avait oublié de l'arrêter. Je m'en approchai. Non ! À plusieurs reprises, au cours des nuits durant lesquelles j'avais emprunté son corps, je l'avais éteint pour elle, mais aujourd'hui je ne pouvais pas le faire sinon elle comprendrait que je n'avais pas respecté notre accord.

Mon regard fut attiré par l'agenda posé prêt de celui-ci. En majuscule, souligné, entouré, j'y lus pour le lendemain *RDV PSYCHOLOGUE 19 h.* En dessous des notes étaient griffonnées et énumérées :

– Hallucinations ?
– Psychose ?
– Dédoublement de la personnalité ?
– ~~Possession ? Exorcisme ?~~

La rature sur les derniers mots ne m'empêcha pas de les déchiffrer. C'était donc là l'image qu'elle avait de moi ? Elle me prenait pour un démon qui la possédait ? J'en fus si contrariée que je manquai de laisser échapper le verre que je tenais encore entre mes doigts. Je le rattrapai in extremis.

Comment pouvait-elle penser une telle chose ? Moi qui ne désirais que son bien-être, son bonheur. Moi qui étais prête à tout pour elle. Je l'avais pourtant défendue plus tôt dans la journée. Avais-je reçu un remerciement ? Non! Rien! Seulement des blâmes. Elle ne répondait jamais à personne, mais cela ne l'avait pas gênée de le faire avec moi ! J'en vins à me demander si elle méritait réellement tout ce que je faisais pour elle.

Non ! Je devais ôter ses pensées insensées de mon esprit. Je devais me reprendre ! Je l'aimais. L'aigreur qui m'habitait ne devait pas se diriger vers elle. Je ne pouvais définitivement pas lui en vouloir. Je ne m'étais à l'évidence pas montré sous mon meilleur jour. Je n'avais pas réussi à lui faire comprendre ma dévotion ni à la pousser à croire en moi. Cela paraissait compréhensible.

Les circonstances la forçaient qui plus est à accepter un changement dans cette réalité qu'elle avait toujours connue, à reconnaître l'existence du surnaturel, chose difficile pour n'importe quel individu confronté à de tels événements. Je me sentis tout à coup coupable, je reposai le verre à sa place exacte et retournai me coucher.

Ce fut le retour d'émotions vives qui me rappelèrent. À demi allongée sur un canapé, elle parlait avec quelqu'un qui l'écoutait tout en prenant des notes. L'horloge face à moi indiquait dix-neuf heures quinze. Il s'agissait du rendez-vous inscrit sur le carnet que j'avais vu la veille.

Mon amie exposa les incidents des dernières semaines alors que l'autre restait muette. Elle lui raconta tout, du vœu jusqu'à notre discussion du jour précédent.

— Vous avez vous-même créé ce double qui représente tous les ressentiments que vous vous efforcez d'enfouir au fond de vous depuis tant d'années, indiqua la psychologue de manière abrupte, en lui coupant la parole.

Votre esprit a eu besoin de les laisser ressortir et a trouvé un moyen détourné en les projetant sur cette autre vous avec qui vous avez cru discuter. Or, tout cela n'est pas vrai, il n'y a que vous et vous avez donné l'occasion à votre subconscient de vous dominer.

Pour qui se prenait-elle ? En lui disant cela, elle allait saboter les efforts que je déployais pour être prise au sérieux, pour qu'elle reconnaisse enfin mon existence et m'autorise à cohabiter avec elle. Elle avait tout faux, bien sûr que j'étais bien là, je n'étais pas une simple *projection*, j'étais réelle. Je souhaitais manifester ma présence, mais j'avais promis, si je la trahissais, je ne pourrais jamais lui démontrer ma loyauté. Je restai donc silencieuse me contentant d'assister en tant que témoin à cette mascarade.

— Je pense que l'hypnose pourrait vous être bénéfique, le but étant de laisser ressortir vos émotions dans le but d'éradiquer définitivement cette chose que vous imaginez être votre double.

— Pourquoi pas oui.

Quoi ? Elle acquiesçait ? Pourquoi vouloir me faire disparaître ? Pourquoi, alors que j'étais la seule à me soucier d'elle, à chercher son bonheur ? Pourquoi se débarrasser de moi, alors que j'étais la seule à l'aimer, à l'aimer réellement, pour ce qu'elle est, dans son entier, sans contrepartie, sans attendre quoi que ce soit ?

En niant mon existence de la sorte, cette incompétence qui n'avait aucune connaissance ni compréhension de ce qui sortait de son idée rationnelle du monde allait tout saboter. Mon autre commençait à douter, j'allais la perdre. Même si l'hypnose n'aurait eu aucun effet sur moi, ne m'aurait pas fait disparaître, je sentais que cette femme était une menace, elle voulait me porter atteinte, insinuer la méfiance et je devinai par ailleurs qu'elle n'avait que faire du bien-être de mon amie contrairement à moi. Je ne pouvais pas la laisser faire. Elle était notre ennemie, mon ennemie.

Il me faudrait longtemps avant qu'elle me pardonne ce que j'allais faire, mais je devais agir. La rage m'envahit. Sans attendre, je pris le contrôle du corps. Je me levai, ma cooccupante tenta de m'en empêcher, mais en dépit de ses efforts je fus plus forte qu'elle. J'avançai vers le bureau, une magnifique lampe en marbre clair y trônait. Je m'en saisis, elle était lourde.

— Que faites-vous ? me demanda la psychologue en bégayant. Rasseyez-vous, je vous prie !

Elle avait peur, je le sentais, elle avait raison. Avant qu'elle n'eût le temps de bouger, je lui assénai un coup en pleine face. J'entendis le crâne se briser. Alors que j'allais frapper une seconde fois, mon bras fut retenu. L'autre habitante de ce corps tenta de m'empêcher d'accomplir ce à quoi j'étais résolue. Néanmoins, j'étais désormais plus vigoureuse. À présent que je ne me retenais plus, que j'avais laissé tous ses sentiments dévastateurs m'inonder, j'avais plus d'emprise sur elle qu'elle en avait sur moi. Je réussis à l'annihiler pour les minutes qui suivirent.

Je repris ma besogne. Bientôt, je ne pus plus compter les coups que j'infligeais.

— Vous ne nous séparerez jamais, vociférai-je même si elle ne pouvait plus l'entendre à présent, personne ne le fera, nous sommes sœurs, je suis celle qui a été invoquée pour l'aider, même elle ne pourrait se débarrasser de moi si elle le voulait, les souhaits prononcés devant cette fontaine sont irrévocables. Leurs réalisations irréversibles. Je suis là pour elle, je la protégerai de vous tous et de vous toutes et d'elle-même si cela s'avère nécessaire.

Après un dernier coup, je lâchai au sol la lampe qui revêtait dorénavant une teinte cramoisie, elle me plaisait mieux ainsi d'ailleurs. Elle s'échoua à terre et explosa. Mes mains étaient couvertes de sang, mes vêtements parsemés de taches rougeâtres plus ou moins étendues. Je l'entendais crier, pleurer, bégayer au fond de moi.

— Qu'est-ce que tu as fait ? Pourquoi ? Pourquoi as-tu fait ça ?

Je m'approchai du miroir de l'entrée, là, c'est elle que j'y vis. Pour une fois, nos places étaient inversées. Je l'examinai, ses larmes se mêlaient aux traces pourpres qui avaient giclé sur notre visage. Les traits de sa figure témoignaient de son désarroi qui la submergeait, mais aussi, je pus le déceler, de l'aversion qu'elle éprouvait à mon égard. Ce sentiment, je ne le connaissais que trop bien, je pouvais parfaitement l'identifier.

— C'était un mal nécessaire, elle voulait nous faire du tort, nous séparer, créer un gouffre entre nous, je ne pouvais pas le permettre.

— Ma vie est fichue à présent, je vais être accusée de meurtre.

— Je trouverai un moyen. C'est à cela que je sers, je suis ici pour te secourir, contribuer à ton bonheur.

— Mon bonheur ? Mais tu n'as fait que tout compliquer et me rendre plus malheureuse que je l'étais. À cause de toi, je vais tout perdre. Je te déteste, j'aurais aimé que tu n'apparaisses jamais, j'aurais voulu ne jamais faire ce souhait de malheur.

— Petite ingrate, hurlai-je en donnant un coup de poing dans le miroir qui se fendit sous la puissance de l'impact.

— Je vois que sous cette apparente bienveillance à mon égard se cache en fait un tout autre visage, me rétorqua-t-elle ce qui eut le don de m'exaspérer.

— Tu n'as de cesse de me rejeter, tu étais prête à me supprimer si l'occasion t'en était offerte alors que je suis la seule à me soucier de toi, plus que tu ne le fais toi-même. Je ferai ce qu'il faut pour accomplir la mission qui m'incombe. En agissant contre ton propre intérêt, tu deviens une gêne et je me dois d'empêcher quiconque de te nuire, toi y compris.

— Que comptes-tu faire ?

Je ne répondis pas, je me préparais à me détourner du miroir et m'éloigner, mais elle tenta de m'entraver. Elle réussit à me faire me tourner vers elle à nouveau et me força à poser les mains sur le meuble qui se tenait en dessous.

— Tu ne partiras pas d'ici, pas avec mon corps.

— Ton acharnement ne servira à rien, tu ne peux rien contre moi, tu n'es pas assez solide, tu ne l'as jamais été, sinon je n'aurais pas eu à intervenir dans ta vie.

Récupérant le dessus, j'attrapai le grand miroir que je catapultai au sol avec fureur. Le verre se brisa en milliers de morceaux, si petits, si infimes que je ne pouvais même plus discerner les traits de son visage.

— Je vais nous sauver, ne t'inquiète de rien.

Je sortis du bureau, descendis les escaliers à toute allure. Elle me freina. Je m'arrêtai sur place sans que je ne le veuille à plusieurs reprises, mais ce corps était le mien désormais, je le fis repartir sans attendre. À chaque miroir, chaque vitre de magasins, chaque objet me renvoyant mon image, je la voyais, elle cognait, criait. Ses lamentations résonnaient à l'intérieur de ma tête.

— Laisse-moi sortir !

Je l'ignorai. J'arrivai en fin de compte à l'endroit où tout avait commencé. Son visage désemparé se dessinait dans le reflet aqueux.

— Ne t'en fais pas. Tu seras toujours là, enfouie au fond, tu observeras tout, tu écouteras tout, tu seras avec moi tout le temps, nous serons ensemble à jamais, rien ne nous séparera plus, rien ne te blessera plus, car je serai en charge de tout.

J'attrapai une pièce dans mon porte-monnaie.

— Non ! l'entendis-je rugir dans mon esprit.

Elle se débattait avec ferveur de l'intérieur, ma main trembla, mon bras fut tiré du sac et les quelques centimes tombèrent. Mais, elle était trop faible et ma domination trop importante. Je ramassai la monnaie, elle serra le poing pour m'empêcher d'accomplir mon dessein, je le desserrai puis je lançai l'objet de notre lutte dans la fontaine.

— Je souhaite prendre le contrôle de ce corps de manière définitive, en être la seule maîtresse.

Il n'y eut alors plus aucune résistance

Voyages en train

Le voyageur en retard

En arrivant à la gare à la hâte, je priai pour que mon train n'ait pas de retard et par-dessus tout, qu'il ne soit pas annulé. C'était en effet le dernier qui me permettrait d'être à l'heure au travail. En règle générale, je m'arrangeais pour monter dans le précédent afin d'anticiper tout imprévu. Parfois même, je choisissais celui qui venait encore avant. Mais, ayant beaucoup de difficultés à me lever – je ne suis pas vraiment quelqu'un du matin – je dois avouer que cela ne s'était produit qu'à de très rares occasions.

Ce matin, mon retard n'était cependant pas de mon fait. J'avais passé la nuit et le début de matinée à consoler ma femme qui n'avait eu de cesse de pleurer. La veille alors que nous étions en pleine préparation du dîner, elle avait reçu un appel. Juste après avoir raccroché, elle s'était effondrée. Elle n'avait rien pu avaler, moi non plus.

Les heures qui avaient suivi, j'étais demeuré près d'elle. Je n'avais pas réussi à lui faire dire qu'elle était la cause de son chagrin. Toutefois, j'avais pensé que ma présence la soulagerait peut-être. J'étais resté à ses côtés, la serrant dans mes bras toute la nuit. Elle n'avait pas dormi, moi non plus.

Ce matin, tandis qu'elle prenait sa douche, j'avais été tenté de vérifier sur son téléphone le numéro qui l'avait contactée la veille. Je m'étais abstenu, je ne voulais pas être ce genre d'époux. Elle m'en parlerait quand elle se sentirait prête et à ce moment-là, je serais son oreille confidente. J'avais pensé rester à la maison, travailler en télétravail, ou demander un congé, mais des réunions importantes m'obligeaient à me rendre au bureau. Je l'avais embrassée puis je l'avais abandonnée à contrecœur.

Heureusement, après deux grandes tasses de café, je n'étais pas si fatigué malgré ma nuit blanche. J'avais tout de même emporté un thermos de thé pour de l'énergie sur la durée.

Comme tous les jours, la gare était bondée. Je me faufilai avec peine dans la foule bien plus agitée qu'à l'habituelle. Je dus forcer pour me frayer un passage et même m'agacer contre certains. Une difficulté n'arrivant jamais seule, je m'aperçus que mon abonnement était dépassé. Les queues aux bornes étaient longues. Je ne serais jamais à l'heure. J'en remarquai une sans personne dans un recoin, je m'y dirigeai. Devant, je constatai qu'elle semblait en maintenance, mais n'ayant plus rien à perdre maintenant que j'avais abandonné ma place dans la file, je tentai ma chance. Par miracle, elle fonctionna.

Je franchis les portiques et avançai vers les quais. Que se passait-il aujourd'hui ? Je trouvais que les gens étaient encore plus agressifs que les autres jours, je me fis bousculer à plusieurs reprises dans les escaliers. Ils étaient pressés certes, mais moi aussi. Enfin aux abords des quais, j'attendis. Le panneau d'affichage s'illumina et annonça l'arrivée prochaine de mon train. J'étais sauvé. Pas de retard, pas d'annulation. Tout se déroulait comme il le fallait. Il se gara environ cinq minutes plus tard.

Les gens s'agglutinèrent puis montèrent en masse. L'impolitesse était aujourd'hui à son paroxysme. Je me fis doubler par deux personnes. Le comble fut quand je me rendis à mon siège que j'occupais tous les matins et tous les soirs depuis maintenant dix ans, voiture deux, rangée six, siège numéro trois, quelqu'un d'autre y était assis.

Je m'approchai pour lui annoncer que c'était ma place, mais l'individu m'ignora totalement. Je faillis insister, mais après ma nuit je ne voulais pas d'histoire. Et puis, s'il avait finalement daigné me répondre, il m'aurait certainement dit qu'il n'y avait pas mon nom dessus. Je contins donc mon agacement. Quelle mauvaise journée en perspective ! En me retournant, je constatai que toutes les places étaient occupées. Sans enthousiasme, je me dirigeai vers l'espace entre les deux voitures.

L'endroit était bruyant. Le brouhaha de l'avancée du train résonnait plus encore ici et chacun bavardait avec son interlocuteur à voix haute comme s'ils étaient seuls au monde et qu'il n'y avait personne autour. J'enfilai mes écouteurs, mais cela ne m'empêcha pas d'entendre leurs conversations.

La discussion de deux jeunes filles attira malgré moi mon attention, je mis ma musique en pause.

— Je ne sais pas comment il peut s'asseoir là.
— Qui ça ?
— Rangée six, place trois.
— Quel est le problème ? Pourquoi ne pourrait-il pas s'y installer ?
— Tu n'es pas au courant ? Il y avait un homme qui s'asseyait à cette place tous les jours depuis des années. Hier, il était en retard, le train était déjà parti, il lui a couru après, mais il a chuté sur la voie et s'est fait trancher en deux net. Digne d'un film d'horreur d'après ce que j'ai entendu. Horrible non ? Imagine qu'il vienne hanter sa place !

Carnet de suivi des douleurs

Ce carnet appartient à :
Nom : F.
Prénom : Jeanne

Contact en cas d'urgence : Je n'ai personne.

* * *

Date : 20 Mars 2023

Échelle de la douleur : 7/10

Notes :

    Je commence ce carnet suite aux recommandations de mon médecin. Je souffre de migraines chroniques. À ce jour, aucune raison physiologique n'a été décelée malgré les dizaines d'examens que l'on m'a fait passer. Personne ne peut m'expliquer quelles en sont les causes. Certains disent que c'est probablement psychologique.
    Mon praticien a pensé qu'en tenant ce journal, cela me donnerait la possibilité de m'exprimer au sujet de ce mal qui me ronge. Il croit que consigner et donc constater les quelques accalmies qui me sont accordées me permettra de relever mon moral affaibli.
    Il m'a demandé s'il pourrait y avoir accès de temps à autre afin de suivre l'évolution de ma maladie. Je ne sais pas si je le lui montrerai, cela dépendra de ce que j'écris dedans.

Je ne sais même pas si je l'utiliserai en fin de compte. Cela ne m'aidera pas à ne plus souffrir donc je n'en vois pas le réel intérêt.

* * *

Date : 24 Mars 2023

Échelle de la douleur : 10/10

Notes :

Ce matin, j'ai éprouvé beaucoup de difficultés à me sortir du lit. Le moindre mouvement même minime me donnait l'impression d'être frappée par des coups de marteau. J'étais paralysée. La douleur était insupportable. Je dis insupportable, mais au final je suis encore là, cela signifie qu'elle était en fait supportable. On utilise souvent ce mot et pourtant on continue à vivre...

Quand j'ai enfin pu me lever, je ne sais pas pourquoi, mais j'ai eu envie d'écrire dans le carnet. Est-ce que je persévérerai les prochains jours ? Je ne suis pas encore sûre...

* * *

Date : 26/03

Échelle de la douleur : incapacitante

Notes :

Même ouvrir les yeux était une torture aujourd'hui. Tout mon visage était attaqué par une douleur lancinante.

Ma nuque était bloquée, mes épaules dures et contractées. J'ai vomi trois fois. La lumière m'irritait. J'ai laissé les volets fermés toute la journée et suis restée assise dans le canapé à attendre. Attendre quoi ?

***

Date : 29 Mars

Échelle de la douleur : intense

Notes :

Dire que le médecin voulait que j'écrive pour pouvoir identifier et mettre en avant les jours de rémission... Je désespère de les voir venir.

***

Date : 3 Avril 2023

Échelle de la douleur : varie

Notes :

Mes moyens financiers ayant considérablement baissé en raison de mes nombreuses absences au travail dues à ma pathologie, je me suis vue dans l'obligation de déménager dans un endroit au loyer moins élevé. Je vis à présent près d'une voie ferrée.

Lors de ma première visite, j'avais eu peur que les bruits incessants des trains ne fassent qu'empirer mes tourments, mais n'ayant pas d'autres choix, j'avais dû prendre l'appartement.

Néanmoins, je m'étais trompée. Je ne peux l'expliquer,

à chaque traversée de rame, le son du roulement produit un certain effet apaisant sur moi.

Le ronronnement qui en ressort me berce. En me concentrant dessus, j'ai l'impression que mon corps se met à vibrer au même rythme, mes tempes battent moins vite, ma respiration se calque petit à petit sur le vrombissement, la souffrance s'atténue.

* * *

Date : 07/04

Échelle de la douleur : 9

Notes :

Cette nuit, migraine épouvantable (j'essaie de ne plus utiliser le mot insupportable, tant que je reste en vie, c'est que je peux le supporter).
Ne pouvant pas dormir, je suis sortie. Le passage des trains la nuit est bien moins fréquent, mais j'ai attendu avec impatience l'arrivée de chacun d'entre eux.

* * *

Date : 12 Avr.

Échelle de la douleur : 4/4

Notes :

Depuis quelques jours, j'ai pris l'habitude de me rendre sur les bords de la voie ferrée pour pouvoir écrire mon journal. Il n'y a qu'ici que je peux me concentrer. Ils sont à ce jour mon seul salut. La douleur en dehors de ces moments est ~~insupportable~~ atroce. Plus le temps passe, plus elle se fait vive et irradiante. Elle se diffuse partout.

Ce matin, ma mâchoire me faisait tellement souffrir que je n'ai rien pu avaler. Je n'ai même pas pris la peine d'essayer à midi. Je n'en peux plus. Peut-on mourir de douleur ?

Ce qui est certain, c'est qu'elle peut rendre fou !

* * *

Date : 15 Avr. 2023

Échelle de la douleur : Pourrais-je un jour écrire zéro ?

Notes :

La douleur me poursuivra-t-elle dans la mort ? Ou, en serais-je enfin libérée ?

* * *

Date : 22 Avril 2023

Échelle de la douleur : 4/10 là-bas, maximum à la maison.

Notes :

Les vacances ont débuté. Les trains se font plus nombreux, leur arrivée est plus fréquente. Cela me réjouit. Je passe maintenant plusieurs heures assise à côté de la voie ferrée.

Hier, poussée par une pulsion, je suis allée poser ma main sur les rails. Même s'il n'y avait aucun train aux alentours, je pouvais percevoir la vibration des convois lointains. Je sentais les oscillations dans mes doigts, des spasmes les parcouraient. Les ondes se sont diffusées dans tout mon corps comme un courant électrique qui m'aurait traversée. Elles se sont transmises à chaque parcelle de mon être et ont produit un effet inhibiteur sur la douleur. Elles l'ont muselée, comme si elles lui avaient dit *tais-toi maintenant, laisse-la profiter de ce moment.*

Quand je suis rentrée, tout est revenu au centuple. Je devrais aller vivre directement sur les rails.

***

Date : 24

Échelle de la douleur :...

Notes :

Pas la force d'écrire. Veux seulement dormir.

***

Date : 25

Échelle de la douleur : 1000 !

Notes :

SUIS EXTÉNUÉE.

***

Date : 26-04

Échelle de la douleur : incommensurable

<u>Notes</u> :

Si je posais ma tête sur les rails, les secousses feraient-elles disparaître complètement la douleur ?

Si un train passait à ce moment-là, je suppose que mon supplice s'effacerait pour toujours.

***

<u>Date</u> : Vingt-huit Avril 2023

<u>Échelle de la douleur</u> : Pas le temps d'y penser.

<u>Notes</u> :

Ai bien réfléchi. Veux tenter le traitement. Ai retrouvé un semblant d'espoir.

***

```
Rapport de l'officier en date du 30/04/2023 :

   Lecture en ce jour de la pièce principale du
dossier numéro 12543.
   Le document en question est un petit calepin
nommé carnet de douleur.
   Propriétaire du journal, madame F. Jeanne.
Cahier retrouvé niché entre les mains de ladite
propriétaire.
   Conclusion après examen de la preuve :
Concernant le corps décapité découvert allongé
sur les rails de train.
Cause de la mort : suicide.
```

Huis clos physique, huis clos mental

Monologue intérieur

Ai-je bien éteint les brûleurs de la plaque à gaz avant de partir ? Je ne parviens pas à m'en souvenir. Il y en a un qui s'enclenche souvent mal, je dois le pousser plus. Il ne faudrait pas qu'il arrive quelque chose dans la maison tant que je n'y suis pas. Maintenant que j'y pense je n'ai pas utilisé les feux depuis trois jours au moins, s'il y avait eu un souci je m'en serais rendu compte.

Ai-je actionné l'alarme en sortant ? Je me revois passer le badge, mais l'ai-je vraiment fait ? Ou est-ce le souvenir d'une habitude ? Oui, je l'ai fait. Enfin... il me semble. J'ai mis l'alarme, ça oui, puis j'ai fermé la porte, c'est certain.

Ai-je fermé à clé ? À ce moment-là, mon téléphone a sonné, j'ai été distraite. Je n'arrive pas à me rappeler si j'ai tourné la clé dans la serrure. Si ! Je dois l'avoir fait, c'est un mécanisme du corps, il agit par automatisme pour les tâches routinières. Oui ! J'en suis sûre maintenant.

Zut ! Je ne leur ai pas parlé de la fuite sous l'évier de la salle de bain. Croisons les doigts pour que quelqu'un la remarque et qu'il la répare. Je ne souhaite pas passer pour une mauvaise locataire.

Voyons... Que pourrait-il y avoir d'autre ? Toutes les factures sont payées. Au moins, je n'ai pas de dette. Ce qui est fait n'est plus à faire.

Le chat ! Mince ! Qui va s'occuper du chat ? Est-ce que quelqu'un va penser à lui ? J'espère ! Le pauvre, il doit se sentir seul. Mais oui ! J'en avais parlé à mon frère un jour, il m'avait dit qu'il viendrait le prendre. Quel soulagement !

Bon, je crois que tout est en ordre. Je n'ai rien oublié. Je peux y aller.

Elle ferma les yeux et s'endormit paisiblement, bercée par le son de la poussée du cercueil suivi du crépitement des flammes.

Confidences d'une faucheuse

La thérapeute avait profité de la longue attente jusqu'à son prochain rendez-vous pour relire et réorganiser les notes de ses entretiens de la journée. À vingt-trois heures trente, le patient arriva enfin, elle traversa son bureau pour atteindre la porte qu'elle ouvrit.

Un homme dont le sommet de la tête touchait quasiment le haut de l'embrasure lui fit face. Il était vêtu d'un costume sombre porté sur une chemise blanche, d'un interminable manteau noir qui descendait jusqu'au sol ainsi que d'un chapeau de feutre charbonneux à bord large qui cachait son visage.

Son allure se voulait sinistre, propre à susciter la peur. Un frisson traversa subitement le corps de la psychologue, mais en bonne professionnelle, elle n'en montra rien. En dépit du magnétisme funèbre qui s'échappait de lui, captivée, elle ne put en détacher son attention.

L'homme arrêta ses yeux sur elle. Grands, encadrés de cils longs et foncés, ils étaient tout aussi lugubres que sa tenue vestimentaire. Elle eut l'impression qu'il était en train de sonder son être de l'intérieur, elle en fut mal à l'aise. À l'inverse, même avec une observation poussée, elle ne put rien déceler dans son regard à lui. Ses pupilles formaient une muraille infranchissable qui ne trahissait aucune trace d'émotion et ne pouvait rien laisser deviner de ses pensées.

Détaillant le reste de la physionomie du patient tardif, elle y découvrit un visage pâle qui contrastait avec les mèches de cheveux brunes qui s'échappaient de son chapeau, ses traits étaient durs, droits, sa mâchoire carrée, les lèvres étaient fines. Tous ces éléments accumulés sur une même figure lui donnaient un air austère et froid. Elle ne sentit pas en danger, mais une certaine angoisse s'insinua au fond d'elle.

— Bonsoir, je vous présente toutes mes excuses pour l'heure avancée. Je sais que vous ne prenez pas de consultation à ce moment de la journée en général alors je vous remercie de bousculer vos projets pour moi, déclara-t-il.

— C'est avec plaisir. Comme vous me l'avez détaillé au téléphone, votre cas est totalement... spécifique. Je ne pouvais que faire exception pour un dossier si particulier.

Il la paya directement, lui donnant même plus que nécessaire tout en refusant de récupérer le surplus qu'elle lui devait.

— Je ne me suis pas présentée comme il se doit, mon nom est Charlotte Ormet, j'exerce cette profession depuis dix-sept ans. Je suis ravie que vous m'ayez contactée, je ferai tout pour vous aider dans la résolution de vos problèmes. Installez-vous à votre convenance sur le divan, demanda-t-elle tout en indiquant du doigt la méridienne.

— Je préférerais rester assis plutôt que m'allonger, si vous êtes d'accord avec cela.

— Bien sûr. Le principal est que vous soyez le plus à l'aise possible.

L'homme prit place sur le canapé de velours sapin capitonné quelque peu cliché.

— Alors, monsieur...

— Vous pouvez simplement m'appeler par mon nom, La Mort.

— Très bien, monsieur La Mort, qu'est-ce qui vous emmène chez moi en ce jour ?

— Depuis quelque temps, je me sens las, las de mon existence. Avec mon travail, mon train de vie, mon quotidien est des plus solitaires, je ne parle jamais à personne. Chaque individu que je rencontre décède dans les minutes à suivre. J'ai pensé qu'aujourd'hui je pourrais peut-être finalement discuter avec quelqu'un. Je me suis dit que cela me ferait du bien.

— Je comprends. Est-ce votre solitude qui vous pèse ?

— Oui, dans une certaine mesure. Mais ce n'est pas le plus difficile.

— Quelle est cette chose qui vous ronge ?

— L'immortalité.

— Pourquoi ?

— Tout simplement, parce qu'elle n'a rien d'aussi passionnant, palpitant, ou même divertissant que ce que j'avais pu imaginer.

— Je ne m'y connais pas vraiment sur le sujet, encore moins sur votre profession, mais d'après ce que vous venez de dire, j'en conclus que vous n'avez pas toujours été une fossoyeuse d'âme, pas toujours été immortel ?

— Non, j'ai autrefois été mortel. Avec la croissance exponentielle de la vie humaine, La Grande Faucheuse, notre supérieure à tous, s'est retrouvée dans l'impossibilité de continuer à assumer seule la charge qu'elle occupait depuis toujours. Elle a réalisé qu'un changement de fonctionnement s'imposait. Elle s'est vue contrainte au fil des années d'engager des personnes pouvant l'assister dans sa tâche. Nous sommes quelques dizaines en tout.

Avant de remplir cette fonction qui est la mienne à présent, il y a des siècles de cela, j'étais un simple être humain, un guerrier plus exactement. Maintenant que j'y repense, déjà à l'époque ma mission était de prendre des vies. Étais-je prédestiné à tout cela ? Était-ce un signe annonciateur de mon statut actuel ? Ai-je justement été désigné pour cette raison ? Je ne le sais pas. Personne ne m'a rien dit. Personne ne m'a expliqué pourquoi moi et pas un autre.

Invaincu avant cette date fatidique, il m'aura fallu d'une unique défaite pour périr. Allongé, à l'agonie, elle m'est apparue. Elle est venue en personne pour moi. *Veux-tu vivre éternellement ? Veux-tu faire partie d'un tout bien plus grand ?* L'esprit embrouillé, je ne lui ai pas répondu immédiatement. *Un seul signe d'acquiescement de ta part et je t'offrirai l'accès à cette mission difficile, mais nécessaire et à l'immortalité. Pour cela, tu dois te décider avant que ton dernier souffle ne survienne.*

Le oui soufflé entre mes lèvres est arrivé presque une seconde trop tard. C'est ainsi que je me suis laissé embarquer dans tout cela sans finalement être au courant de ce que me réservait cette condition d'une existence sans fin.

— Vous me dites qu'il y en a d'autres comme vous. Ne les rencontrez-vous jamais ? Avez-vous discuté de votre mal-être avec eux ? Avec votre supérieure ?

— Non, nous ne nous voyons jamais, chacun a sa zone bien définie et ne peut en sortir. Quant à La Grande Faucheuse, il y a des dizaines d'années qu'elle a cessé de se déplacer elle-même. Puis un jour, elle a fini par ne plus avoir aucun contact avec personne, pas même avec nous, ses semblables. Nous recevons nos ordres par réception de cartes qu'elle nous envoie.

— Je vois. Mais, sans vouloir vous offenser, je désirerais comprendre. Pourquoi cette pérennité, cette existence infinie qui fait rêver tant d'humains, source d'imagination sans fin, du mythe du Graal, de l'ambroisie, de la fontaine de jouvence et bien d'autres, cet avenir sans point final, cette perpétuité si alléchante, si convoitée que certains ont consacré leur vie à la rechercher, pourquoi vous rend-elle si malheureux ?

— J'y ai réfléchi pendant longtemps, j'ai eu beaucoup d'années pour cela. Bien que je ne veuille pas empiéter sur votre travail bien sûr, j'ai fait une sorte d'auto-analyse. J'en suis arrivé à la conclusion que la raison à ma haine pour l'éternité était l'ennui. Il y a deux composantes à cet ennui, une me concernant personnellement et une autre plus générale se portant sur l'humanité même.

Premièrement, lorsque cette opportunité inédite m'a été proposée, en fou et égocentrique que j'étais, j'ai cru que je profiterais du temps qui m'était offert pour voyager, vivre des tonnes d'expériences, connaître plusieurs vies en une seule. Je n'avais pas envisagé que cette seconde existence ne serait en fait que responsabilité et devoir. Je n'avais pas pensé que cette deuxième chance ne serait que répétition du même schéma, une boucle immuable. Je reçois les noms, je vais chercher les âmes, le lendemain j'en obtiens d'autres, je vais les récupérer, le surlendemain de nouveaux prénoms et je repars effectuer ma tâche et ainsi de suite, depuis des siècles.

Les riches monnayent, certains supplient, d'autres pleurent, quelques-uns acceptent leur sort sans broncher, les derniers, eux, n'y croient pas, tentent de s'échapper. La seule inconnue de l'équation sera simplement de savoir laquelle de ces réactions l'individu adoptera. Mais après tout ce temps, même cela me paraît redondant puisque leur palette de réponse est elle aussi limitée.

Je n'ai aucune surprise, aucune nouveauté, aucune motivation, rien qui ne puisse me donner envie d'entamer une énième journée. J'ai l'impression de vivre un jour sans fin, je tourne en rond. À quoi bon demeurer à jamais pour faire une seule et unique chose ? Imaginez manger le même plat pour l'éternité.

Le second point comme je vous l'ai dit relève de l'humanité. Après des siècles de vie, avec ce que j'ai vu, entendu, je pourrais dire sans me vanter que j'ai acquis une sorte de sagesse supérieure. Je ne suis plus celui que j'étais dans mon existence mortelle. Néanmoins, je ne peux pas partager ce savoir avec ceux que j'observe.

Ils ne cessent de reproduire les mêmes erreurs. Ils ravagent leur environnement, comme s'ils ne se rendaient pas compte que sans lui, ils n'existeraient pas eux-mêmes. Ils se détruisent, s'entretuent au lieu d'être solidaires, alors qu'ils pourraient aller si loin ensemble. Ils ne tirent aucune leçon de l'histoire.

Moi, j'ai vu leur passé, j'en ai fait partie, j'assiste à leur présent et je ne note aucun changement. À ce rythme, leur avenir sera lui aussi identique jusqu'à ce que leur perte survienne. Je voudrais les faire réaliser, les réveiller en un sens, mais je ne le peux pas.

Je ne suis qu'un spectateur observant un drame dont je connais déjà la fin sans pouvoir la changer. Je suis impuissant et cette incapacité à intervenir me frustre au plus haut point. Imaginez revoir le même film catastrophe pour toujours et ne rien pouvoir faire pour en modifier le scénario. Je suis témoin d'un éternel recommencement qui se terminera d'une manière tragique et je ne peux rien y faire.

Il avait tout confessé d'une seule traite, sans pause, sans hésitation, comme s'il s'agissait d'un texte qu'il connaissait par cœur tant il se l'était répété pendant des années. Au moment où il s'arrêta de parler, un silence envahit la pièce. Il dura de longues secondes.

— Je suppose que je ferais mieux d'y aller à présent, annonça La Mort tout en se levant.
— Mais... mais... pourquoi si vite ? Nous n'avons même pas pu dialoguer à propos de ces choses que vous venez de me confier, intervint la thérapeute.
— Ne vous inquiétez pas, je ne suis pas ici en quête d'une résolution de mes tourments puisque j'ai bien conscience que cela est impossible.
— Attendez, si je peux me permettre, avant que vous ne quittiez mon cabinet, il y a une question qui me taraude depuis que je suis au courant de votre venue. Qu'est-ce qui vous a décidé à venir chez moi en particulier ? À me choisir moi parmi tous les autres psychiatres ?
— Mais quel étourdi ! Heureusement que vous êtes là, sinon à force de palabres j'en aurais oublié la réelle raison de ma visite ici.
De la poche intérieure de son manteau, il sortit une carte couleur ébène sur laquelle des inscriptions en écriture dorées ressortaient. Discrètement, le regard de la psychologue s'axa dessus afin d'en déterminer le contenu. *Charlotte Ornet*. Cette dernière interloquée recula d'un pas.
— Que signifie cette carte ? hurla-t-elle pleine de colère.
La fureur, ce n'était pas la réaction à laquelle il s'était attendu de sa part, il en fut surpris.
— J'espère que vous ne m'en voudrez pas d'avoir fait durer les choses. Au vu de votre profession, j'ai saisi cette occasion qui m'était octroyée dans le but d'échanger avec quelqu'un, de me délester un tant soit peu de ce poids qui envahit mon cœur depuis tout ce temps.
Sur ces mots, il s'approcha de celle qui avait été pour quelques instants sa confidente et posa sa main sur son front. Il y eut d'abord les vertiges, les nausées, pour finir la

suffocation. Péniblement, la femme alla ouvrir la fenêtre et tenta d'aspirer de l'air frais, elle courut vers la porte de sortie, mais cela ne servit à rien, cela ne servait jamais à rien, lorsque l'heure était arrivée, à l'instant où la carte était imprimée, plus rien ne pouvait changer le sort de l'individu concerné.

Soudain, elle fut assaillie par une douleur d'une puissance inédite, elle en eut le souffle coupé. Elle eut la sensation que son cœur était en train de s'écraser dans sa poitrine, elle ne pouvait plus ni bouger ni parler. Elle s'effondra au sol.

La Mort assista à la scène sans un mot, sans un geste. En l'espèce, elle était tout à la fois la cause, mais aussi simple exécutante ou encore témoin impuissant. Tout fut fini en l'espace de quelques minutes.

Il regarda sa montre. Minuit deux. Il était en retard ! Il avait pris beaucoup trop de temps cette fois-ci, il aurait dû être parti depuis un moment déjà, cette âme aurait dû être comptabilisée pour la veille. Il devait se hâter. Une journée chargée l'attendait, puis une autre et une autre, et une autre encore, et encore une, et ainsi de suite, pour l'éternité.

Aller simple

Une heure et trente minutes ! Cela faisait pile une heure et trente minutes que nous roulions désormais. J'avais compté chaque minute, une heure et trente minutes, dont une heure et vingt minutes d'autoroute et il nous restait au moins le même temps à effectuer. L'ambiance à l'intérieur était pesante, tendue, étouffante.

Depuis notre dispute d'hier, nous n'avions échangé que quelques mots à peine, un *Merci pour le repas*, un *À quelle heure partons-nous demain déjà ?*, un *Bonne nuit* murmuré entre deux mâchoires serrées sans le penser réellement, juste par courtoisie ou sans doute par habitude tout simplement.

Après le *Je te sers un café ?* de ce matin auquel j'avais répondu *Oui merci*, plus aucun son n'était sorti de ma bouche ni de la sienne d'ailleurs ; mis à part un léger sifflotement suivant le rythme de l'une de ses chansons favorites qui était passée au poste quarante minutes plus tôt.

Peut-être étions-nous, sans que personne n'ait donné le go, en train de jouer au jeu du silence. Celui qui s'adressait à l'autre le premier serait le grand perdant de cette partie qui durait depuis vingt longues années à présent.

Dans ce bras de fer qui revenait avec le temps de manière plus récurrente alors qu'il était rare à nos débuts ensemble, j'étais souvent perdante. Même lorsque je me savais dans mon bon droit, je n'arrivais pas à tenir, à supporter cette atmosphère lourde et irrespirable. C'était bien trop écrasant pour moi, je voulais que cela cesse, panser mon énième blessure sentimentale qui deviendrait cicatrice comme toutes les autres avant elle.

En tant que concurrente battue, pour avoir brisé le silence, je recevais ma punition, pratiquement identique à chaque défaite, le mépris et le dédain de mon adversaire, qui me faisaient regretter aussitôt ma prise de parole. Pourtant, à chaque fois je recommençais, me promettant que lors de notre prochain duel je ne reproduirais pas la même erreur, qu'enfin, pour une fois, je sortirais victorieuse de notre combat taciturne, que je serais la reine du silence.

Aujourd'hui, enfermée, cloîtrée entre ses barrières de métal roulantes dans lesquelles j'étais confinée avec lui depuis une heure et trente-deux minutes, j'avais bien du mal à résister. Le terrain difficile avait raison de moi. Le climat était suffocant. J'aurais tant souhaité pouvoir ouvrir la fenêtre, juste une modeste fente, pour accueillir une brise, respirer de l'air frais, cela m'aurait peut-être donné la force.

Une demi-heure avant, j'avais tenté de créer cette petite ouverture vers le dehors, espérant que cet intérieur ne soit pas l'unique chose que je connaîtrais dans cette journée, qu'un bout de l'extérieur puisse m'en délivrer. Mais, à peine avais-je appuyé sur le bouton qu'il avait pressé sur le sien du côté conducteur, refermant ainsi ma seule échappatoire à ce trajet qui me paraissait définitivement sans fin. Maudites vitres électriques !

Si elles avaient été manuelles, il n'aurait pas pu m'imposer sa volonté. Il m'aurait certainement demandé de fermer la fenêtre, prétextant le froid glacial qui se glissait vers nous, nous enveloppant. Et moi, grande reine du jour, je l'aurais ignoré, je l'aurais vaincu par mon parfait sang-froid, ma sérénité et mon flegme. Ce satané contrôle qu'il avait sur l'ensemble des ouvertures de la voiture m'en avait empêchée.

Je me retrouvais prisonnière. Je sentis alors que je m'enfonçais dans mon siège, chaque partie de mon corps était collée au tissu, comme fusionnée avec lui, un nouvel épiderme gris et épais. Je songeai alors que bien que cela me rendrait unique, une seconde peau anthracite ne me scierait guère, une statue, c'est exactement à cela que j'aurais ressemblé. Parfois, j'aimerais être une statue. Digne, droite, muette, ne fléchissant jamais. Cette image de moi faillit me soustraire un rire. Je le réprimai. Je n'avais pas envie de rire, plutôt de pleurer.

La preuve en était les gouttelettes salées que je m'efforçais d'empêcher de couler depuis une heure trente-cinq maintenant. Ou était-ce depuis vingt ans ? Une rebelle, trop forte, trop vigoureuse pour moi avait échappé à mon contrôle vingt minutes plus tôt, je l'avais haïe. Par chance, il n'avait rien vu, il ne le voyait jamais.

Je compris que je n'allais pas pouvoir résister plus longtemps, mon corps gigotait, mes mains se crispaient, elles étaient moites, mes doigts se resserraient, se desserraient frénétiquement. Mes yeux clignaient, plus vite, plus fréquemment, menaçant de briser la barrière que mes cils avaient imposée aux larmes qui attendaient leur moment, allaient-et-venaient sur le rebord, poussant plus fort à chaque tentative.

Mes lèvres seraient les premières à craquer, je le devinai quand elles se mirent à frémir d'abord, puis à soubresauter ensuite, ma langue venait les humidifier de plus en plus souvent, les préparer pour leur future défaite. C'était là un affrontement dont elles ne sortiraient jamais triomphantes. Quelques secondes de lutte encore avant que survienne finalement ma perte.

— Nous sommes bientôt arrivés ?

Voilà ! J'avais échoué. Une nouvelle fois. Pourquoi avais-je demandé ça alors que je connaissais parfaitement la réponse ? Il ne prit même pas la peine de me regarder avant de me répondre un *Non* d'un ton sec et froid comme si nous étions de parfaits inconnus. Trois lettres, était-ce tout ce que je valais pour lui ?

— Il faudrait que l'on s'arrête quelques instants quand on le pourra, j'ai besoin d'aller aux toilettes.

Ce n'était pas vrai, je pouvais encore largement me retenir. Pourquoi ne pouvais-je pas me taire ? Pourquoi étais-je celle qui cédait ? Pourquoi ce besoin viscéral de réinstaurer le dialogue ?

— Ok.

Deux lettres maintenant, c'était tout ce qu'il m'accordait, tout ce que je méritais à ses yeux. Heureusement pour moi, il n'existait pas de mot en une seule lettre avec lequel il aurait pu me répondre.

Je vais le quitter ! Cette fois, c'est sûr ! Il le faut ! Nous n'avons pas d'enfants, c'est une chance, nous ne sommes même pas mariés, cela rendrait la chose plus facile, je pourrais partir en un instant, comme une bourrasque qui aurait traversé la maison et serait ressortie après. *Quel coup de vent*, penserait-il, *il était long, vingt ans tout de même*, puis il m'oublierait. *A-t-elle réellement existé ? Je ne suis pas certain*, se demanderait-il quelques années plus tard. Moi je me serais retirée dans un ailleurs, différent, quelque part, je n'avais pas encore réfléchi à la destination de mon aller sans retour.

Pourquoi n'y arrivais-je pas ? Cette question je me la posais sans cesse tout en étant tout à fait consciente de la réponse. J'avais peur tout simplement. Ce petit mot de quatre lettres, une de plus que le mot qu'il m'avait consenti, régissait mon existence toute entière. Je craignais l'après. Qu'adviendrait-il de moi ? Tout recommencer... à presque quarante ans. Toute ma vie de jeune adulte, puis d'adulte, je l'avais passée à ses côtés, ma personnalité actuelle s'était forgée en sa compagnie. Et si ce n'était pas mieux ? Et si je le regrettais par la suite ? L'inconnu me faisait peur. Étais-je lâche ?

Je l'observai sans qu'il ne puisse me voir. Après tout, en dehors de ses affreuses disputes, il n'était pas le pire des compagnons, loin de là. Nous avions de bons moments, de très bons, ainsi qu'une complicité que peu de personnes arrivent à obtenir même après des années. Pourquoi cela ne suffisait-il pas ? Que devais-je faire ? Partir ? Et si cela me rendait plus malheureuse encore ? Rester ? J'étais bien trop triste.

— Vous devriez cesser de vous questionner de la sorte.

Cette voix, je l'avais bien entendue, je ne l'avais pas rêvée. Ce n'était pas la tonalité de mon conjoint. J'en étais sûre. Je le regardai tout de même rapidement pour m'en assurer. Ses lèvres étaient soudées. Qui alors ? Je me retournai. Sur la banquette arrière était installé un homme.

Ma première réflexion fut de me dire qu'il était trop bien habillé pour un simple trajet en voiture, assis à l'arrière de la vieille citadine que nous avions achetée d'occasion quelques mois seulement après nous être mis ensemble. Il portait un costume sombre sur une chemise blanche, une cravate noire, un gilet - je n'avais pas vu de gilet de costume depuis le mariage de ma tante quand j'avais douze ans - noir lui aussi, brodé de motifs en jacquard.

— Qui êtes-vous ? lui demandai-je. Quand êtes-vous monté ?

Mon compagnon, trop concentré sur la route, ne semblait pas l'avoir remarqué pourtant notre passager ne passait pas inaperçu. J'eus l'impression qu'il ne m'entendit pas quand je m'adressais à l'autre à l'arrière. M'ignorait-il ?

— Je vous observe depuis quelque temps, répondit le voyageur clandestin.

S'était-il caché à l'arrière tout ce temps sans qu'aucun de nous deux ne s'en rende compte ? Étrangement, cela ne m'alarma pas, je fus étonnamment soulagée de ne plus me retrouver seule, enfermée avec mon voisin silencieux, dans ce mutisme glacial. Lui au moins, il m'avait parlé, il avait formulé une phrase avec plusieurs mots consécutifs, des mots de plus de trois misérables lettres.

— Vous ne devriez pas vous inquiéter autant pour l'avenir.

— Qu'est-ce qui vous permet de me dire une telle chose ?

— Tout sera bientôt terminé.

— Que voulez-vous dire par là ?

— Votre destin a été scellé ce matin même.

— Que...

Je n'eus pas l'occasion de finir ma phrase et j'eus à peine le temps d'entrevoir le camion qui fonçait sur nous à toute vitesse.

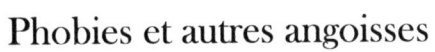

L'interstice de la peur

Aussi loin que remontent mes souvenirs, je me rappelle que j'ai toujours eu peur du noir. Je ne saurais en expliquer la raison, mais j'ai constamment eu cette impression, cette intuition ancrée, cette certitude même qu'une chose malsaine, une menace, s'y camouflait, tapie dans l'obscurité, attendant le moment propice pour se dévoiler devant moi avant de m'emporter avec elle dans un abysse de noirceur dont je ne pourrais pas m'échapper.

Lorsque j'étais plus jeune, j'avais pris l'habitude de dormir avec la porte de ma chambre grande ouverte. Je pensais qu'ainsi, je pourrais voir le danger arriver, m'y préparer et appeler mes parents en cas de problèmes.

À cette époque, avant de m'endormir, j'effectuais un rituel bien précis et ordonné. Je ne négligeais aucune étape et faisais preuve d'une rigueur étonnante pour mon âge. Armée d'une lampe torche, je menais une inspection minutieuse de chaque recoin du placard, je débutais par le bas pour finir par les étagères les plus hautes. J'avais placé une chaise à l'intérieur qui me permettait de monter pour exécuter cette tâche ardue en raison de ma taille d'enfant.

Avant de m'installer sur le matelas, je vérifiais sous le lit, puis quand j'étais enfin allongée, je baissais la tête une dernière fois pour regarder en dessous. Ensuite, je restais de longues minutes à fixer l'encadrement de bois pour m'assurer que rien ne passait devant. Ce n'était qu'à la suite d'une interminable surveillance, que mes yeux fatigués se fermaient finalement. Ce fonctionnement avait duré quelques années.

Un jour, tandis que je venais de terminer depuis peu ma sécurisation quotidienne, mes paupières étaient closes, un bruit s'était alors propagé dans le couloir. C'était une voix, rocailleuse, effrayante, elle n'appartenait à aucun membre de ma famille. À ce moment-là, j'avais entendu mon prénom fredonné dans une chansonnette enjouée. Aujourd'hui encore j'en restais convaincue.

Aussitôt aux aguets, j'avais rouvert mes yeux en grand, fixés sur l'obscurité. Mes mains s'étaient emparées de la couverture qu'elles avaient remontée sur moi bien que cela ne puisse me protéger de rien.

Retenant ma respiration afin de ne pas soulever la couette avec mon abdomen, je m'étais efforcée de me maintenir parfaitement immobile. Je m'étais imaginé être une sculpture grecque, me représentant mentalement mon corps, qui se solidifiait, prenant la teinture blanchâtre du marbre, mes membres figés dans une position définie. J'étais devenue une représentation absolument parfaite, sans aucun défaut, chimérique de moi-même. Dans cette position que j'avais voulue léthargique, j'avais scruté l'antre de mon angoisse sans que rien ne se passe.

Malheureusement, après de longues secondes d'apnée, je m'étais trouvée dans l'obligation de reprendre ma respiration. J'avais abandonné cette condition de modèle inébranlable pour retrouver ma nature humaine. J'avais bougé. D'un rien. De quelques millimètres seulement. Un mouvement quasi imperceptible. Un minuscule faux pas. Cela avait suffi.

Le frottement contre le mur se rapprochant de plus en plus de ma chambre m'avait avertie de l'arrivée prochaine de la chose. Discrètement, j'avais scanné l'entrée. Un amas immatériel et opaque en avait pris possession. Une brèche s'était formée en son sein. Ténue dans un premier temps, elle était devenue chaque seconde plus importante jusqu'à se transformer en un trou béant.

Le cri qui était sorti du plus profond de ma gorge m'avait surprise. Il s'était fait à la fois strident et surpuissant, tel le chant d'une cantatrice affolée faisant écho à travers toutes les pièces de la maison. J'en avais eu la trachée irritée pendant plusieurs jours. Il avait bien évidemment immédiatement ameuté mes parents qui s'étaient précipités sans attendre.

Depuis cette expérience, j'avais dormi la porte fermée. Cela faisait à présent des années qu'il en était ainsi. Aujourd'hui, j'avais pourtant pris une grande décision. Il y a trois semaines, j'avais accueilli chez moi une jeune chatte. J'avais dans un premier temps décidé de ne pas lui donner accès à la chambre la nuit.

Néanmoins, l'écouter gratter le bois de la porte chaque soir depuis son arrivée, souhaitant désespérément me rejoindre, avait eu raison de ma détermination. Ses miaulements à la fois doux et tristes, plaintes soufflées entre ses dents, me faisaient culpabiliser de la laisser derrière cette barrière épaisse qui nous séparait l'une de l'autre. Avait-elle peur, seule, abandonnée dans le noir ?

Dès les premiers jours, une complicité profonde s'était tissée entre nous. Elle me suivait, me collait partout où j'allais. Nous étions toujours ensemble. Aussi j'en étais venue à me remettre en question. Pourquoi nous imposer cet éloignement nocturne ? Pourquoi rester chacune de notre côté alors que nous pourrions être toutes les deux à nous réconforter, nous rassurer, nous endormir ensemble paisiblement ? J'avais par conséquent décidé qu'à partir du soir même, je lui permettrais de me retrouver dans la chambre. Ne pouvant pas fermer la porte et la confiner à l'intérieur au cas où elle aurait envie de se nourrir, de boire, ou de faire ses besoins, je me devais de la laisser entrouverte.

Il s'agirait là d'une grande première pour moi depuis tout ce temps passé barricadée dans cet abri de nuit. Inconsciemment, la crainte d'antan reprit possession de mon être. Tout le jour durant, j'appréhendai l'arrivée de la nuit et le changement qui surviendrait à cette occasion.

Maintenant que j'étais une adulte, je n'aurais pas dû être tant affectée, perturbée, ni angoissée par une si petite chose. Je ne devais pas craindre des entités qui n'existaient pas et ne pouvaient effrayer que les enfants. Pourtant, je ne pouvais pas m'en empêcher. Je savais que je réagissais de manière irrationnelle, mais c'était plus fort que moi.

Le soir arrivant, je tardai sur l'ordinateur puis je regagnai enfin ma chambre suivie de ma jeune amie. Elle se posta devant l'entrée, n'osant pas avancer, pensant trouver une nouvelle fois la porte fermée. Je l'invitai à entrer. Elle hésita, me regarda afin de s'assurer de la réalité de l'accord que je lui donnais.

— Tu peux venir Hope.

À présent certaine d'avoir mon aval, elle se précipita à l'intérieur, à la fois joyeuse, excitée et intriguée.

Elle connaissait la chambre, car elle y pénétrait de jour, mais on aurait cru que de nuit, elle redécouvrait la pièce comme si c'était la première fois. Elle se mit à examiner chaque parcelle, reniflant tout, se frottant partout, contre les murs, les meubles, les multiples objets.

Après de longues minutes de furetage, sa tâche enfin terminée, elle choisit sa place : le lit bien évidemment. Elle se roula sur le dos, les quatre pattes en l'air s'installant à son aise. Quand je la vis, je sus que j'avais fait le bon choix. Pour elle, pour son bien-être je pouvais surmonter ma peur irraisonnée. Et puis, avec elle à mes côtés, blottie auprès de moi, son corps chaud contre le mien, peut-être me sentirais-je plus en sécurité.

Une idée saugrenue me traversa l'esprit. Dans les films fantastiques ou d'épouvante, dans les livres, dans les contes, les animaux, en particulier les chats, semblaient pouvoir ressentir la présence du surnaturel. Si quelque chose d'anormal ou de menaçant venait à s'introduire chez nous, sans doute son comportement me mettrait-il en garde. Je pouffai tout haut en réponse à ma propre théorie plus que loufoque.

Malgré tout, à cette pensée, je me sentis plus détendue. Je grimpai sur le lit, m'étalant près d'elle. Je lus une petite heure puis je me préparai à aller me coucher pour de bon. Je posai ma main sur l'interrupteur de la lampe de chevet, mais je ne pus appuyer dessus tout de suite.

— Ne sois pas stupide, me réprimandai-je.

Je tentai d'exercer une pression sur le bouton à l'aide de mon pouce droit, mais je n'y parvins toujours pas. Comme pour me tranquilliser, je tournai ma tête vers la chatte endormie. Elle était sereine, aucun signe d'inquiétude n'émanait d'elle. Ce constat me convainquit de la sécurité des lieux. Je réussis à éteindre la lumière, exercice qui m'avait donné tant de difficultés.

Je ne fermai pas les yeux. Le regard en direction de la porte grande ouverte, de cet inconnu sombre derrière elle. Je me tenais sur mes gardes. Puis petit à petit, je sentis que mes paupières prenaient plus de temps à s'ouvrir, elles restaient plus longtemps en position abaissée, mon corps se fit plus lourd comme s'il s'enfonçait dans le matelas, en fin de compte le sommeil s'empara de moi.

Je me retrouvai alors dans ma maison d'enfance, j'étais très jeune, je n'avais pas plus de trois ou quatre ans. J'avais conscience d'être en train de rêver, mais j'eus malgré tout la sensation que c'était plutôt un souvenir. Pourtant c'était un âge dont je ne conservais aucune trace en mémoire.

J'étais allongée dans un lit en bois entouré d'une barrière de protection qui m'empêchait de tomber. Une petite porte semblable à un portail servait d'accès. J'étais étendue sous les draps quand j'entendis une voix inconnue m'appeler doucement.

— Viens jouer avec moi, murmurait-elle.

Je relevai le buste.

— Viens, répéta-t-elle.

— Je ne peux pas, la barrière est fermée.

Mon cerveau d'adulte, ne comprit pas pourquoi mon moi enfant répondait sans se méfier. Quoi qu'il en soit, la clôture s'ouvrit d'elle-même, me laissant la possibilité de descendre.

— Où es-tu ? demandai-je avant d'avancer plus.

— Dans le couloir, juste derrière la porte.

— Je ne te vois pas, il fait tout noir. Pourquoi n'allumes-tu pas ?

— Je ne supporte pas la lumière, elle me fait du mal. Tu comprends ? Si elle était là, je disparaîtrais, ce n'est pas ce que tu veux n'est-ce pas ?

— Pourquoi te fait-elle mal ?

— C'est à cause de ma nature profonde. Je dois vivre dans l'obscurité. Mais, tu sais, on s'amuse bien ici, cela ne te plairait pas de venir ?

— D'accord, j'arrive.

Je me dirigeai alors vers la porte de la chambre. Avant de la traverser, j'eus une hésitation.

— Approche, n'aie pas peur.

Je décidai de répondre à l'appel. Passant un pied, puis l'autre. Une fois de l'autre côté, je ne pus rien discerner.

— Je suis là, annonçai-je.

Une masse informe se dessina devant moi, je n'eus rien le temps de distinguer alors qu'elle se jetait sur moi avec brutalité, seulement des pointes longues et étincelantes... des dents... une bouche grande ouverte me happa.

— Maman ! Papa ! pus-je à peine hurler.

Une lueur apparut au loin.

Je m'éveillai en sursaut, ne sachant pas si je me trouvais bien dans la réalité ou non. La sueur avait trempé mes cheveux qui collaient sur mon visage, ils ressemblaient à des algues humides et poisseuses. Mon corps toujours sous le coup de l'adrénaline était animé de spasmes. Hope avait sauté sur ses pattes en un instant. Je l'avais réveillée.

Comme tout chat qui se respecte devant le danger imminent, il ne lui avait fallu que quelques millièmes de seconde pour quitter son sommeil profond. Elle me regardait les yeux exorbités, les oreilles abaissées, elle semblait apeurée, non pas par une intervention extérieure surnaturelle, mais par ma propre agitation.

Je me levai, tremblante, me maintenant à peine debout, avançant de gauche à droite, ne pouvant garder une trajectoire rectiligne. Même si cela pouvait paraître fou, je devais vérifier. Je longeai le mur, le dos accolé contre lui, il me servit de soutien dans mon avancée. Je ne voulais pas me retrouver face à cette ouverture vers les ténèbres qui m'inquiétait tant. Arrivée au bout de la cloison, je passai lentement ma main de l'autre côté, tâtonnant du bout des doigts jusqu'à tomber sur le commutateur du couloir sur lequel j'appuyai.

Hope me rejoignit. Elle s'assit devant moi, intriguée. Elle se demandait certainement ce qui arrivait à son amie quelque peu paranoïaque. Elle s'avança ensuite vers la porte, observant le corridor, me regardant à nouveau, puis elle finit par s'étendre de tout son long sur place.

Forçant mon courage, je m'approchai avec prudence, me retournant pour affronter l'extérieur. Il n'y avait rien. Je passai la tête, toujours rien. Soulagée, j'éteignis et regagnai mon lit au sein duquel, à peine allongée, je fus rejointe par la chatte qui se lova contre moi. À son contact, ma respiration s'apaisa, mes muscles se relâchèrent. Je la câlinai un long moment. Pelotonnée contre elle, je m'assoupis. Je ne dormis pas vraiment puisque je ne fis que me réveiller par la suite toutes les demi-heures.

Je me levai tôt, étant incapable de plonger dans un réel sommeil, il était inutile de rester plus longtemps couchée. Je fus tracassée toute la matinée par le cauchemar. Je ne cessais de penser que ces événements s'étaient réellement produits par le passé. Je décidai d'appeler mes parents pour en avoir le cœur net. Ils sentirent immédiatement que quelque chose n'allait pas.

— Que se passe-t-il ma puce ?

— J'ai eu une mauvaise nuit. J'ai fait un cauchemar étrange, j'avais trois ou quatre ans peut-être, je réussissais à m'échapper de mon lit et je me retrouvais dans le couloir en hurlant. Je n'arrête pas de me dire que cela ressemble à un souvenir oublié.

J'omis délibérément la présence de l'entité abominable.

— Oui, cela est bien arrivé. Nous t'avons entendu crier, nous avons accouru. Lorsque nous avons allumé, nous t'avons trouvée devant ta chambre recroquevillée sur toi-même, tu étais en état de choc et complètement terrifiée. Il nous a fallu des heures pour te calmer. Tu as dormi avec nous toute la nuit et les jours suivants. Ce que je n'ai jamais compris, c'est comment tu as réussi à ouvrir la barrière alors que le verrou était enclenché.

La confirmation de mes parents ne tenait que pour la partie réaliste de l'histoire, pour le reste, seule moi semblais avoir été témoin de l'apparition de la créature monstrueuse. Je tentai de rationaliser les faits. Je n'étais qu'une enfant, qui plus est la mémoire se distord avec le temps. Ce que je croyais avoir observé et qui était revenu me hanter la veille n'avait été qu'un horrible cauchemar, le fruit de mon imagination. Tout comme je l'avais vu en rêve cette nuit, il en avait été de même à l'époque.

Je m'étais réveillée après une terreur nocturne – j'en avais énormément plus jeune – et avais voulu rejoindre mes parents. Voilà pourquoi ils m'avaient retrouvée effrayée dans le couloir. C'était là une conclusion que je pouvais tirer aujourd'hui avec ma mentalité d'adulte, chose que je n'aurais pu faire à ce moment-là.

Je tentai de tout oublier pendant la journée, mais cela resta dans un coin de mon esprit. Le soir venu, comme la veille, je retournai dans la chambre chaleureusement accompagnée. Toutefois, alors que le jour précédent j'avais laissé la porte grande ouverte, je la poussai cette fois-ci. Je me relevai à trois reprises pour la repousser toujours un peu plus. À la fin, elle se retrouva entièrement appuyée contre le mur, on aurait pu penser qu'elle était fermée. De la sorte, Hope pourrait la tirer si elle désirait sortir et moi, je me sentais plus à l'aise.

Je m'installai sous les draps et allumai la télévision. Je veillai un long moment avant de réussir à m'endormir. Quelques heures après, j'ouvris les yeux. À la vue de la brèche opaque, la panique m'inonda, je me redressai immédiatement sur le lit. Je tournai la tête, Hope n'était plus là. Je me rassurai me disant que c'était elle qui était sortie.

Mon sentiment fut confirmé lorsque je la vis revenir en se léchant les babines. Elle était descendue se sustenter. Elle se rallongea paisiblement. Je repoussai la porte. Un peu plus tard, j'aperçus à nouveau la fente, cause de mon trouble. J'entendis Hope gratter dans sa litière. J'attendis qu'elle remonte et rejetai la porte contre l'embrasure. Cela semblait stupide, mais je ne pouvais pas dormir avec la vision de cet interstice obscur. La troisième fois, je n'avais pas encore ouvert les yeux que je perçus le glissement du bois sur le parquet.

— Où vas-tu cette fois-ci Hope ? l'interrogeai-je les paupières toujours closes et le cerveau embrumé.

Je me tournai sur la droite. Ma main gauche se posa sur quelque chose de doux et poilu. Une peluche ? Je tâtonnai, c'était chaud, le corps se soulevait de bas en haut, une respiration. C'était Hope. Mais, si elle était à mes côtés, qui avait poussé la porte ? Je n'osai pas regarder. Je tremblais.

Il m'appela. Non, c'était impossible... je rêvais. Non, je ne rêvais pas.

— Qui... qui êtes-vous ? Que me voulez-vous ? balbutiai-je sans me retourner.

— Je suis le fruit de la peur, je suis né grâce à elle et maintenant je m'en nourris pour survivre. Toi, ma chère, tu en regorges.

En l'écoutant, je fus persuadée que si à cet instant même je me levais et fermais la porte, il disparaîtrait. Je voulais le faire, je savais que c'était la seule solution pour lui échapper, mais je n'y parvins pas. Je restai figée, paralysée de terreur. J'espérai qu'il s'en aille de lui-même, mais il ne le fit pas. Il continuait à chantonner mon nom gaiement comme une comptine le serait entre les lèvres d'un enfant. Il m'eut à l'usure. Je me retournai finalement.

À l'instant où mes yeux se dirigèrent vers lui, il y lut ma peur. Je sus alors. Il avait gagné, j'avais perdu. Il n'y avait personne pour l'interrompre cette fois-ci.

Tandis qu'il dévorait lentement mon corps, que je sentais chaque partie de moi fondre, être absorbée, avalée, mon regard se posa sur Hope, profondément endormie. Une seule pensée me vint en tête : tous ces films, tous ces livres, tous ces contes se trompaient sur les chats.

Misophonie

La veille, un nom avait été posé sur le mal dont elle souffrait : la misophonie, la haine du son. Cela consistait en une aversion profonde envers certains bruits produits par autrui. Cette dénomination, elle la connaissait déjà avant le rendez-vous, elle l'avait découverte lors de ses recherches personnelles. Après des années à pâtir de ce trouble chronique, elle s'était évidemment renseignée.

Mais, savoir le nom, le mot commun désignant son état l'avançait-elle pour autant ? Non. Bien sûr que non. Elle n'aurait pas dû se déplacer, c'était inutile. Elle avait espéré qu'on lui offrirait une solution, elle avait été déçue. Il n'y avait pas de traitements, lui avait-on expliqué. Seulement des stratégies d'adaptation : écouter de la musique, des bruits blancs, mettre un fond sonore pour masquer les déclencheurs, elle le faisait déjà, éviter les situations susceptibles de réveiller la gêne, porter des protections auditives.

Allait-elle se présenter au repas du soir munie de bouchons d'oreilles ? Il en était hors de question. Elle ne voulait pas passer pour une originale encore une fois. À chaque fois qu'elle avait tenté d'évoquer son angoisse, soit on l'avait ignorée, soit on l'avait tournée en dérision. Elle se sentait seule. Les gens ne comprennent pas ce qui est différent, ce qu'ils ne peuvent pas concevoir, ce qu'ils ne vivent pas. Si l'on ne rentre pas dans la case parfaite, sans défauts, on est moqués.

Par chance – si l'on pouvait appeler cela une chance – sa misophonie ne portait quasiment que sur les bruits de bouche émanant de son entourage, en particulier durant les repas. Trois repas dans une journée, trois séances de torture par jour seulement. Pour ce qui était des nuisances en dehors de cela, comme les échos de gens qui buvaient ou encore les sons du chien qui dévorait les aliments dans sa gamelle, lapait bruyamment l'eau de son bol, se léchait, elle avait choisi la technique de l'évitement.

Chaque fois qu'une personne autour d'elle se saisissait d'une bouteille ou d'un verre, elle s'éloignait pour ne pas avoir à supporter les phénomènes d'aspiration des liquides et de déglutition qui la plongeaient dans un état d'agitation extrême. Il en était de même avec le chien. Elle quittait la pièce immédiatement après l'avoir nourri.

Malheureusement, ce soir, il ne lui serait pas possible de s'esquiver. En règle générale, elle s'efforçait autant qu'elle le pouvait de restreindre le nombre d'individus avec qui elle mangeait pour se protéger. Aussi le dîner en présence de tous ces invités risquait d'être pénible, plus que cela même, intenable. Elle avait envie de partir, de s'enfuir par la porte de derrière, mais elle ne le pouvait pas.

Une grande respiration. Elle s'avança vers la salle à manger, cette pièce, où elle le savait, les prochaines heures seraient un supplice. Son pressentiment se confirma dès l'apéritif. Les chips, aliments faisant partie de ses ennemis jurés. L'épouvantable concert débuta alors.

Les premiers craquements commencèrent, ils furent instantanément suivis par le broyage, lent, long, répétitif, entêtant, agaçant, une bouche après l'autre. Son attention se focalisa dessus, uniquement sur ça. Elle pouvait se représenter avec précision l'intérieur de leur cavité buccale ainsi que leurs dents, broyeuses naturelles. Sa cuisse se mit à trembloter, son pied à tapoter le sol.

D'abord l'anxiété.

Ne pouvaient-ils pas avaler plus vite ? Il ne fallait pas une éternité pour gober de vulgaires chips !

Quand elle vit les mains s'avancer pour se resservir, elle se leva d'un coup.

— Je vais mettre une musique de fond, cela sera plus convivial.

Tous acquiescèrent ne sachant pas le malaise que cachait cette décision soudaine. Elle alluma la chaîne hi-fi et lança une playlist de détente, celle qu'elle écoutait chaque fois que le monde extérieur devenait trop difficile à supporter. Elle lui permettait toujours de se décontracter. Elle se rassit et tenta de se vider l'esprit en appréciant les notes qui se dispersaient dans la pièce. Elle y parvint. Pour quelques secondes du moins.

Le son de trituration, le grincement de dents des invités qui cherchaient à extraire les morceaux de nourriture coincés la tirèrent de sa faible paix intérieure. Les langues claquaient contre les parois des joues, toquaient contre les palais, frottaient les lèvres pour récupérer les miettes oubliées dans les recoins. La salive se balançait d'un côté puis de l'autre, d'avant en arrière. Sa jambe droite se secouait maintenant frénétiquement.

Ceux qui l'énervaient plus encore que les autres étaient ceux qui mangeaient la bouche ouverte. Les sons en provenance de ces derniers étaient les pires. Avec eux, elle voyait directement ce qu'elle entendait, le mixeur humain en route, un mixeur bruyant, oppressant, épuisant, énervant. Plus elle se concentrait dessus, plus la tension augmentait.

Si à cet instant, elle se levait, se rendait dans le bureau, qu'elle récupérait son matériel de couture, qu'elle revenait dans la salle à manger et qu'elle leur cousait la bouche, qu'elle faisait passer le fil, une boucle, deux boucles, trois

boucles, dix boucles ; peut-être apprendraient-ils à fermer leurs bouches. Si elle cousait les lèvres de chacun des invités, de son mari, sans doute pourrait-elle enfin profiter d'un repas calme, serein.
Ensuite la colère.
Son retour dans la cuisine afin d'apporter la suite fut un moment de soulagement. Lorsque son époux et d'autres convives s'étaient levés pour l'aider elle leur avait dit de rester sur place. Elle voulait être seule, il le fallait. Après tout, les bouchons d'oreilles ne seraient peut-être pas une si mauvaise idée. Il suffisait qu'elle trouve un moyen de les rendre invisibles aux yeux des autres. Ils lui serviraient, elle l'espérait tant, à occulter les cacophonies infernales. C'était une nécessité, elle n'était pas certaine de pouvoir les supporter encore jusqu'à la fin de la soirée. Elle alla dans la chambre et récupéra les protections.

De retour dans la cuisine, elle les découpa à l'aide d'un couteau afin qu'elles soient plus petites. Leur couleur orange criard aurait trop attiré l'attention. Elle les installa. En utilisant la vitre du four, elle ajusta ses cheveux pour qu'ils les camouflent. Elle ne devrait pas les toucher par la suite, pas même une mèche.

Le stratagème ne fut pas concluant. La barrière de mousse ne fut pas suffisante. La mastication interminable, les raclements de gorges, la rumination – mangeait-elle avec des vaches ? – les mucosités, chacune des glaires qui accompagnait les morceaux de nourriture lors de leur cheminement, tout cela ne faisait qu'augmenter son énervement. Son pied battait la mesure avec vitesse, ses doigts rebondissaient sur la table, ses jambes frémissaient.
Finalement, la haine.

Elle voulait plonger la tête de chacun des participants dans son assiette jusqu'à ce qu'ils se taisent. S'ils avaient pu tous s'étouffer. Pourquoi mettaient-ils tant de temps à avaler chaque bouchée ? Elle avait envie de pleurer, de crier. Ne tenant plus elle partit presque en courant dans la cuisine. Il fallait trouver une solution, pour aujourd'hui, pour demain, pour toujours. Elle posa sa main sur le plan de travail. Sous ses doigts quelque chose de froid : le couteau dont elle s'était servi un peu plus tôt pour tailler les bouchons anti-bruit.

Elle rejoignit l'assemblée qui attendait le dessert. Les lèvres de son mari se mouvaient, mais elle ne comprit pas ce qu'il disait. Le silence, enfin. Il réitéra alors que tout le monde l'observait elle. Elle se concentra sur la bouche pour y déchiffrer le message.

— Chérie, tes oreilles... elles saignent.

La pression des fêtes de fin d'année

Accidents en série au royaume de Noël

À peine avais-je posé le premier pied au sol que de ma poitrine s'échappa un souffle de lassitude. Tout comme mon esprit, mon corps ne voulait pas sortir de ce lieu de réconfort, de ce refuge que représentait mon lit. Il ne souhaitait pas quitter le rêve pour retourner à une réalité qu'il avait en horreur. Malheureusement, lui comme moi, nous n'avions pas le choix. Je ne pouvais décemment pas passer ma vie allongée.

Enfin debout, je me forçai à avancer, mais sans aucun entrain. Je n'avais pas faim, je sautai donc l'étape du petit-déjeuner pour en venir directement à l'habillage. J'allai au porte-manteau sur lequel étaient empilés mes vêtements dont je m'emparai.

En levant les yeux, j'aperçus le calendrier sur le côté. Nous étions le trente-et-un novembre, ce soir à minuit débuterait la période de l'année que je haïssais par-dessus tout, les festivités de Noël. Dépitée, je laissai ma tête tomber en avant, celle-ci heurta le mur, mais malgré la douleur je ne bougeai pas. Mon front reposait à présent contre le papier peint, je restai ainsi plusieurs minutes tentant désespérément de trouver la motivation nécessaire pour affronter les épreuves qui allaient suivre. Il me fallait réunir toute mon énergie. Pourvu que cette année les choses soient différentes !

Au bout d'un moment, je m'obligeai à me redresser, les mains chargées de mes habits, j'approchai du miroir. Je commençai finalement à les enfiler. Je passai d'abord le fond de robe puis avant de continuer avec le reste, je fixai le rembourrage. Il disait que c'était mieux ainsi, que nous étions davantage assortis de la sorte. Le médecin lui avait pourtant préconisé de perdre du poids pour sa santé et depuis plus d'une décennie, chaque année il en faisait sa résolution du Nouvel An, mais chaque année, le résultat était le même. En attendant, c'était donc à moi de m'adapter à lui. *Ils me connaissent ainsi, je ne voudrais pas les perturber,* avançait-il pour se justifier. Quelle excuse trouverait-il pour son alcoolisme ?

Après avoir accroché mon faux ventre, j'endossai la robe. Cette maudite couleur, après toutes ces années, je ne la supportais plus, mais d'après lui il ne fallait pas les troubler, le changement n'était pas le bienvenu, il n'était pas raisonnable de rompre avec la tradition.

Je devais continuer à porte le même vieux costume inchangé dont le rouge tape-à-l'œil ne convenait pas du tout à ma carnation. Sans parler de cette épaisse fourrure étouffante qui me procurait chaque année d'affreuses et insupportables irritations. Je n'avais qu'une envie, ôter tout cet accoutrement. Mais, mon devoir primait sur mon ressenti. Même si rien de tout cela ne m'enchantait, mon statut m'imposait d'effectuer ma tâche avec toute la diligence possible.

À vrai dire, je n'avais pas toujours autant détesté cette fête. Plus jeune, au même titre que la plupart des gens, je l'avais attendue avec impatience chaque année. Lorsque je l'avais rencontré lui pour la première fois, j'avais même été intimidée, presque en admiration. Il était alors supposé hériter sous peu de l'entreprise familiale. Son père était si charismatique, si méritant, j'avais imaginé que son fils lui ressemblerait. C'était d'ailleurs ce qu'il avait laissé paraître les premiers temps.

Quand il m'avait demandé de l'épouser, je n'étais pas tout à fait sûre de l'aimer vraiment, mais il m'avait dit qu'il nourrissait de grands projets pour la société, qu'il avait une vision novatrice pour celle-ci et qu'il souhaitait que l'on dirige cette entreprise conjointement, sur un pied d'égalité, comme deux partenaires. J'avais par conséquent accepté sa proposition pensant que cet avenir envisagé serait enrichissant et synonyme de bonheur.

Cela était bien sûr avant de me rendre compte qu'il n'était qu'un incapable, un fainéant et qu'il n'avait rien à voir avec ceux qui l'avaient précédé. Il était certes merveilleusement habile pour faire de belles promesses, mais il s'agissait bien là de son seul talent.

Tout n'était que chimère, il n'avait rien fait, n'avait entamé aucun changement, rien ! Je m'étais retrouvée à assumer l'entière responsabilité du fonctionnement et de la pérennité de l'entreprise tandis qu'il passait ses journées à se saouler dans son bureau et à dépenser notre argent dans les paris et jeux en ligne.

J'aurais peut-être pu accepter cela si mon labeur avait été estimé à sa juste valeur, mais cela n'était pas le cas. Malheureusement, il était l'image de l'institution aux yeux du monde, celui que tous reconnaissaient et adulaient. Si seulement, ils l'avaient vu dans son t-shirt troué, en caleçon, affalé sur son fauteuil, des cannettes vides répandues tout autour de lui, sans doute l'auraient-ils jugé autrement. Je faisais tout, je me tuais à la tâche et il en récoltait toujours les lauriers. C'était cette injustice, cette ingratitude qui me rendait folle. Tout ceci m'avait poussée à le haïr lui et sa fête. Je n'en pouvais plus de l'apercevoir partout pendant un mois, de n'entendre parler que de lui, je ne le supportais plus.

Je fus tirée de mon aigreur et mon ressassement par des coups répétés, puissants, affolés sur ma porte. Surprise par une telle vigueur, j'invitai l'énergumène à entrer. Je m'étonnai devant l'ouverture brutale.

— Mère Noël, je suis sincèrement désolée de vous importuner en faisant irruption de si bonne heure, mais c'est horrible...

— Que se passe-t-il Pomme ? demandai-je à l'elfe qui se tenait devant moi.

— Il y a eu un accident dans la salle d'emballage des cadeaux. Un épouvantable accident.

Je la suivis précipitamment courant presque à travers les couloirs. À mon arrivée dans le bâtiment, je constatai de l'atrocité des événements, je fis face à un véritable carnage. Le rouge, cette couleur qui m'était devenue insupportable était surreprésentée ici si bien que j'en eus la nausée alors que je n'étais encore que sur le pas de la porte.

Tandis que j'avançais vers la zone découpe maculée de sang, ce sang pourpre, cramoisi, un malaise m'envahit. Étalé de toute part, sur le tapis roulant, projeté au plafond, expulsé sur les murs, dégoulinant sur le sol, le liquide poisseux s'était répandu comme une cartouche d'encre que l'on aurait écrasée sur une feuille blanche.

Toute cette sécrétion tirait sa source d'un unique endroit, la trancheuse à papier qui permettait l'emballage des cadeaux. Néanmoins, aujourd'hui ce n'était ni du papier cadeau, ni un carton, ni même un présent qu'elle serrait entre ses dents, mais le cadavre de l'infortuné qui s'était laissé piéger par elle. Surmontant ma répulsion, je portai mon regard sur ce dernier.

— Qui a découvert le corps ?

— C'est moi madame, répondit Pomme le visage fermé toujours sous le choc.

— Personne d'autre n'était sur les lieux ?

— Non, en tant que chef des lutins et bras droit particulier du Père Noël, Flocon avait à cœur de s'assurer lui-même chaque année du fonctionnement de chaque machine avant que ne débute le mois de décembre. Je l'avais rejoint afin de l'assister dans sa tâche.

Je m'approchai du corps, tout du moins de ce qu'il en restait. J'étudiai l'appareil à l'intérieur duquel la dépouille était coincée. Les pointes acérées maintenaient dans leur mâchoire ce qui avait été les hanches du farfadet. Entamé par le tranchant, le ventre ouvert de part en part laissait échapper les divers organes qu'il n'avait pas pu retenir en son sein.

Alors que le bas du cadavre était encore intact, le haut était lui quasiment méconnaissable, mâché, divisé, broyé. Il avait été la première cible de la découpeuse avant qu'elle n'arrête de dévorer sa victime en arrivant à la taille. La tête quant à elle tenait à peine accrochée par quelques centimètres de peau et de muscles. Des morceaux de chairs avaient été dispersés par le mouvement de rotation. On pouvait en découvrir tout autour. Des bouts d'os écrasés ressortaient de la dépouille et la poudre de ces derniers s'était propagée sur l'avant du tapis, se mêlant au sang pour former une matière sableuse.

Pomme détourna le visage, elle ne tolérait plus cette scène sordide. Moi, je ne pouvais me laisser influencer par mes émotions, elle était venue me chercher, car elle comptait sur moi pour m'occuper de ce problème, je devais me montrer à la hauteur de mon statut. En tant que Mère-Noël, ceci relevait de mon devoir. Je poursuivis donc mon examen.

— Pomme, à ce que j'en vois, il semblerait que le système se soit bloqué et que Flocon se soit approché pour vérifier ce dont il s'agissait sans prendre la précaution de couper l'électricité. Malencontreusement pour lui, la coupe a repris alors qu'il était en plein dedans, expliquai-je tout en observant les éléments devant moi.

— Lui qui était le plus méticuleux, le plus attentif de nous tous comment a-t-il pu ne pas penser à éteindre le courant avant toute intervention ?

— Je ne sais pas, mais cette unique perte d'attention dont il a fait preuve lui aura coûté la vie.

— Quelle horreur, qu'allons-nous faire ?

Je n'eus pas le temps de répondre que la pièce se retrouva tout à coup plongée dans le noir complet. Puis, une détonation, un bruit de moteur vrombissant résonna, il fut suivi de sons de roulements, de rails, de craquement, d'un glissement visqueux, un liquide qui s'écoulait, une chose s'échoua lourdement sur le sol. Un tressaillement parcourut mon corps, Pomme poussa un cri strident sous le coup de l'effroi qui pénétra tout mon être tant il était profond, elle se saisit de ma main.

Les ampoules se rallumèrent d'un coup. Mes yeux mirent quelques secondes à se réhabituer à l'éclairage, je découvris alors que tout ce vacarme provenait de l'engin collé à seulement quelques centimètres de nos visages. Les autres sons presque écœurants résultaient quant à eux de la dépouille de Flocon qui se faisait à nouveau broyer.

Les lambeaux déchiquetés du haut de son corps, sa chair, les bouts d'os, les multiples fragments disséminés de poumons, de foie, de cœur et autres, tombaient à présent dans les paniers d'osier censés recueillir les cadeaux emballés et rejoignirent la tête qui, s'étant détachée sous la pression du tapis, avait roulé jusqu'à son réceptacle.

Le bas de son corps épargné avant cela se retrouva désormais lui aussi happé par l'engrenage, emporté dans le roulement, taillé, haché, éparpillé. Alors que j'épongeais mon œil droit dans lequel venait d'atterrir un jet de sang, de mon œil gauche toujours fonctionnel, j'entrevis, sans pouvoir intervenir, les vestiges de mollet qui se collèrent sur la joue de Pomme.

Elle lâcha ma main d'un coup sec puis se tourna immédiatement sur le côté pour vomir. Elle resta ainsi plusieurs minutes, tremblante, vacillant entre l'horreur et le dégoût, sanglotant sous l'effet du traumatisme. Lorsque les secousses de son corps se firent plus espacées, elle essuya ses lèvres puis se releva dans ma direction.

— Je vous présente mes excuses madame, pour mon cri, pour vous avoir agrippée, pour ceci, dit-elle tout en observant les restes de son petit-déjeuner couchés au sol.

— Tu n'as pas à t'excuser pour cela.

Comment aurais-je pu lui en vouloir ? Aucun individu vivant n'était à même de rester insensible face à pareille toile cauchemardesque. Pour ma part, je m'évertuai à dissimuler ma confusion. L'adrénaline qui avait grimpé après l'extinction de la lumière et des événements qui avaient suivi avait mis mon corps sous tension, raide, crispé, comme électrisé, il ne parvenait pas à se défaire du tumulte qui l'habitait à présent.

Sans que je ne m'en rende compte, mes poings s'étaient resserrés, mes ongles avaient déchiré ma peau et s'enfonçaient vigoureusement dans la chair de ma paume. Cette sensation de brûlure qui m'apparut douloureuse dans un premier temps me permit finalement de me reprendre. Je me concentrai dessus, ne pensai plus qu'à l'inflammation, ce qui me donna l'occasion de vider mon esprit de tout autre préoccupation. Quand je revins à moi, j'étais à nouveau calme, impassible, prête à réfléchir de manière rationnelle.

Sur le tapis, au milieu de ce que sans le vouloir mon cerveau assimila à du porridge d'elfe, ressortait un objet. Je m'en saisis tout en prenant soin de ne pas toucher les fragments pâteux empilés.

— Regarde, cette chose devait entraver le mécanisme, continuai-je tout en la montrant à Pomme. Elle a dû sauter après le passage du reste du corps, elle aura été dégagée, huilée par les liquides s'échappant de celui-ci.

— Qu'est-ce ? me questionna-t-elle.

— Je ne sais pas, on dirait une plaque en acier.

— Que se passe-t-il ?

Une voix grave, épouvantée, paniquée nous interrompit.

— Père Noël, s'exclama Pomme.

— Klauss, que fais-tu là ? lui demandai-je.

— Je suis sorti pour me rendre aux cuisines, je n'avais plus rien à boire, un hurlement m'a attiré dans l'entrepôt. Rien d'autre que la soif ou la faim n'aurait pu le faire se déplacer par ici, songeai-je alors.

— Comment ? Qu'est-ce... ? Qui... ? bredouilla-t-il avec difficulté.

— Apparemment, il y a eu un accident, Pomme l'a découvert un peu plus tôt et m'en a avisée.

Je m'aperçus que Klauss commençait à vaciller. Je me précipitai près de lui pour le soutenir avant qu'il ne tombe.

— Tu sais que je ne supporte pas la vue du sang, chuchota-t-il le visage blême. Je... je ne peux pas rester, je retourne dans mon bureau. J'ai besoin de temps pour pleurer la perte de mon ami. Je te laisse te charger de tout. Mon pauvre Flocon. Pourquoi a-t-il fallu que cela t'arrive à toi ? marmonna-t-il alors qu'il se dirigeait vers la sortie.

— Je m'en occupe, lui assurai-je sans qu'il ne puisse l'entendre puisqu'il n'avait pas pris la peine d'attendre ma réponse.

Les chargés du nettoyage récupérèrent les restes de Flocon et nous lui offrîmes une sépulture décente. La journée se déroula tant bien que mal dans une morosité ambiante, l'atmosphère générale se fit mélancolique.

Le soir venu, après avoir rapidement retiré mes vêtements qui me semblaient si lourds sur le corps, si suffocants, tant ils représentaient un poids psychologique pour moi, et alors que j'avais tenté de faire bonne figure des heures durant, de gérer mes émotions sans les autoriser à transparaître, je laissai retomber la pression. Seule dans ma chambre, à l'abri de tout œil indiscret, je pouvais enfin ôter le masque de force, de sérénité que je m'efforçais de porter chaque jour et qui avait été aujourd'hui plus que nécessaire.

Je regardai l'intérieur de ma main, les stigmates témoignaient de l'effort que j'avais déployé pour rester stoïque, imperturbable. Je m'assis sur le lit, mon regard posé dans le vide, je ne bougeai pas durant un long moment. Cette nécessité de demeurer sans cesse impassible était mon quotidien ici. Les gens extérieurs à ce royaume devaient l'imaginer comme un lieu de rêve, presque paradisiaque, où chaleur humaine, bonheur et rires remplissaient les journées de ses habitants. Ils se trompaient. Ce lieu était devenu un cauchemar pour moi.

Je me dirigeai finalement vers la salle de bain. Postée devant le miroir, je m'aperçus que les projections de sang du matin avaient laissé des traces que je n'avais pas nettoyées sur ma paupière, mais aussi près de mon oreille et dans quelques mèches de mes cheveux qui se retrouvaient attachées entre elles en un agglomérat gras.

J'attrapai un gant que j'humidifiai et je me mis à frotter ma peau dans le but de faire disparaître les traînées devenues presque bordeaux maintenant qu'elles avaient séché. Leurs emplacements, leurs formes, leurs tailles donnaient presque l'impression qu'il s'agissait de mon sang, cela me marqua un instant. Quand mon visage fut rincé, je me rendis dans la douche où je lavai à présent ma chevelure, puis mon corps. Je ne sus pour quelle raison, mais cette douche produisit l'effet d'un renouveau, comme si je me purifiais de cette journée pour repartir, propre, saine, prête à affronter la suite.

Cependant, ce bien-être fut de courte durée, car ma nuit fut des plus agitées. Elle débuta par un silence, non pas un silence reposant, mais stressant, d'angoisse, d'appréhension. Mon souffle était suspendu, mon esprit en émoi, stressé, à l'affût. La quiétude fut rompue violemment par une sorte de bruit étouffé, oppressant. Ma respiration s'accéléra, ma peau était moite, mes mains humides, je tremblais. Mon corps fut parcouru de spasmes de toute part.

Devant mes yeux, un filtre rouge se dessina, il imposa sa présence sans que je ne puisse rien y faire. Pourquoi cette teinte me hantait-elle de cette façon ? Pourquoi me persécuter aussi la nuit ? Je repensai à la dépouille déchiquetée de Flocon. J'eus le sentiment d'être recouverte de sang, la sensation que mes doigts collaient, j'éprouvai des difficultés à les séparer. Je me sentis souillée, j'étais frigorifiée. Sous pression, je me mis à courir sans m'arrêter, j'étais essoufflée, mon corps était douloureux comme à la suite d'un effort important, je voulais me freiner, mais je ne le pouvais pas. Puis, plus rien, le vide, le néant.

Au petit matin, tandis que le soleil se faisait à peine visible, qu'il commençait à entamer sa remontée et alors même que je venais tout juste de trouver le sommeil, j'entendis tambouriner à ma porte. Ce fut les mêmes coups empressés, insistants, angoissés que ceux du matin précédent.

J'étais exténuée après une nuit sans réel repos. J'avais du mal à me mouvoir, je peinai à ouvrir mes paupières, mais, ayant compris qu'il s'agissait à nouveau de Pomme, je réunis toute l'énergie dont je disposais, je me levai et avançai à grandes enjambées pour l'accueillir. Je ne sus pas comment mes jambes pouvaient supporter le poids de mon corps tant elles étaient épuisées. La porte finalement ouverte, je me retrouvai comme je l'avais présagé devant Pomme. Elle était figée, son visage décomposé, horrifié, désabusé.

— Mère Noël, il... je... il y a eu un nouvel incident, près de l'enclos des rennes cette fois-ci.

Je la suivis sans réfléchir, toujours vêtue de mon pyjama.

Encore une fois, j'assistai à un spectacle d'horreur. À l'extérieur, près de leur lieu de sommeil, je repérai Tonnerre, le favori du Père Noël, mêlé comme s'il ne faisait qu'un seul et même être avec la clôture de fil de fer barbelé. Cette union quasi totale et l'état lamentable de son corps donnaient à penser que l'animal s'était débattu férocement pour s'en détacher, mais, tristement, cela n'avait fait qu'empirer son sort et le piéger d'autant plus. Cette barrière qui avait été installée afin de protéger nos cervidés des prédateurs qui erraient la nuit avait finalement été la cause de la perte de l'un d'entre eux.

Tout en avançant, je détaillai du regard le malheureux. Les pattes de Tonnerre étaient entravées, maintenues par paire par le câble. Il avait donc rapidement été empêché dans ces mouvements. Chacune des ronces métalliques avait profité de cette soumission forcée pour traverser la peau épaisse et s'enfoncer profondément dans la chair tendre.

Son corps, transpercé de toute part, jonché de dizaines de perforations, d'éraflures, d'écorchures plus ou moins longues dues à la lutte pour se sortir de là, avait alors laissé s'évader le liquide vital qui s'était déversé au sol et avait formé sous la victime une flaque gluante grenat aussi grande que le corps qui ressortait plus encore sur le blanc de la neige. Je dus prendre sur moi pour supporter la vision de cette couleur qui ne cessait de me poursuivre, de me tourmenter.

En observant plus en détail, je devinai que la perte de sang pourtant colossale n'était pas la cause de son trépas. En effet, je vis le fil enroulé à plusieurs reprises autour du cou de l'animal. Ses yeux exorbités, ses joues gonflées, la bave en quantité importante qui avait séché sur les babines blanchies et la langue désormais bleue échouée sur le côté de la bouche grande ouverte qui dessinait une mimique crispée, étaient autant d'indications qui révélaient qu'à force de se débattre Tonnerre s'était tout simplement étranglé et avait péri étouffé.

— Si je peux me permettre madame, je ne comprends pas, tout ceci est plus qu'étrange, il n'y a jamais eu aucun accident en ces lieux et en deux jours, deux morts atroces... Cela en est presque invraisemblable.

Tout en écoutant Pomme, je continuai attentivement mon investigation. Dans l'une des blessures, coincé entre la chair et la ronce artificielle, se trouvait un fragment de cuir noir quasiment imperceptible au premier regard. Délicatement, je retirai le long fil barbelé, un morceau conséquent de peau s'arracha et vint avec lui, je ne me laissai pas perturber. Je m'emparai de ce qui s'apparentait à un indice.

— Comme tu le dis, cela est inconcevable, car il ne s'agit pas d'accidents même si c'est ce que l'on s'efforce de nous faire croire. Tout comme il est impossible que Flocon n'ait pas éteint l'électricité avant de manipuler la machine, Tonnerre n'a assurément pas pu se faire ça tout seul. Pourquoi aurait-il sauté par-dessus la clôture en pleine nuit ? Il pouvait aller où il le désirait, et ce quand il le voulait, au même titre que chaque employé ici il n'avait aucune restriction de déplacement. Pomme, il semblerait qu'il y ait un meurtrier en série au royaume de Noël.

— Mais, c'est absurde, nous sommes dans le pays du bonheur, de l'espoir, de la joie, s'exclama-t-elle partagée entre frayeur et peine.

— Nous ne le sommes plus à présent.
Nous ne l'avons jamais été ! Cette dernière pensée sonna dans ma tête, mais je ne la prononçai pas.

— Pomme, personne ne doit être au courant de tout cela, repris-je. J'en informerai Klauss, car je n'en ai pas le choix, mais c'est tout. Nous ne devons absolument pas créer la panique, surtout à cette période de l'année. De plus, le tueur doit continuer à croire que nous sommes tombés dans son leurre et que pour nous il ne s'agit là que de terribles et hasardeux accidents.

— Tout est lié à Monsieur Noël, pensez-vous que... qu'il puisse être impliqué ? Après tout, vous vivez dans des chambres séparées depuis longtemps, vous ne pouvez pas savoir où il se trouvait ni ce qu'il faisait au moment des crimes, suggéra prudemment Pomme.

— Non bien sûr que non, il a de nombreux défauts, mais il n'est pas un assassin. Premièrement, il ne supporte pas le sang, tu l'as bien vu hier, il était à deux doigts de s'évanouir. Ensuite, il est bien trop paresseux et trop peu rigoureux pour parvenir à mettre un plan de la sorte au point.

— Vous avez raison, je suis désolée d'avoir envisagé cette possibilité.

— Tu n'as pas à l'être, il est compréhensible dans une telle situation de se poser toutes sortes de questions, d'être assiégée par le doute. Pour être honnête, je me suis aussi interrogée sur cette éventualité avant de me rappeler qui était mon époux et d'en déduire que cela était impossible.

— Alors cela ne peut être que l'œuvre d'un ennemi du Père Noël, s'en prendre à ceux auxquels il tient le plus, serait-ce une mise en garde ? Pensez-vous qu'il soit lui-même en danger ?

— Le Père Noël a très peu de détracteurs en dehors du royaume au contraire il est adoré. Son seul opposant, le Père Fouettard a été exilé. Qui plus est, aucun individu extérieur ne peut sans autorisation franchir la barrière de protection magique qui entoure les lieux.

— Cela voudrait donc dire qu'il s'agit de l'un d'entre nous ? C'est impossible.

— Pourtant c'est bien ce qui ressort de tout cela.

— Mais, nous sommes une famille ? Qui pourrait bien commettre de telles atrocités ?

— Je ne le sais pas encore. Je vais aller en aviser Klauss. Toi renseigne-toi discrètement sur les relations qu'il entretient avec les salariés. Y a-t-il eu des désaccords ? Des disputes ? Reste discrète, mais avant tout sois prudente, je ne souhaite pas qu'il t'arrive malheur.

— Ne vous inquiétez pas pour moi. Faites surtout attention à vous. J'ai peur pour vous. Si le meurtrier s'en prend à ce que le Père Noël a de plus cher, il pourrait aussi s'attaquer à vous.

— Ne t'en fais pas pour cela, je ne suis pas assez importante à ses yeux pour courir un tel risque.

— Ne dites pas cela, vous êtes essentielle pour ce royaume, sans vous nous serions perdus, vous êtes celle qui fait en sorte que tout reste à flot.

— Merci Pomme, je ferai attention. Ce soir, nous nous rejoindrons pour réfléchir à tout cela et tenter d'en percer le mystère.

Je quittai Pomme pour me diriger vers le bureau de Klauss. Le chemin que je parcourus alors me parut si paisible comparé au désordre de la nuit et du matin. Accablée par la fatigue, j'avais eu du mal à rester de marbre un peu plus tôt devant l'image que renvoyait Tonnerre. La marche qui ne dura pourtant que quelques minutes me permit de reprendre mes esprits, de me reconcentrer sur l'important.

Au bout d'un certain temps, j'arrivai à destination. Je toquai sans enthousiasme puis j'entrai.

— Chérie, qu'est-ce qui t'emmène ici de si bon matin ? Ne devrais-tu pas être en train de superviser le lancement des confections ?

— Si, je m'y rendrai après. Avant cela, nous avons un autre souci dont je dois te faire part.

— Que se passe-t-il encore ? Est-ce lié à l'accident d'hier ? demanda-t-il.

— On peut dire cela. Tonnerre est mort lui aussi, il a été retrouvé tout à l'heure.

— Quoi ? Non ! s'insurgea-t-il avant d'éclater en sanglots.

Aurait-il pleuré ainsi si j'avais été la victime ? J'en doutais.

— Que s'est-il passé ? m'interrogea-t-il après s'être quelque peu ressaisi.

— Pomme a découvert son corps ce matin dans l'enclos. Je me suis rendue sur les lieux avant de venir t'avertir.

— Un second accident ? En seulement deux jours ? C'est ahurissant.

Tout comme je m'en étais doutée, il n'avait pas saisi ce dont il retournait réellement.

— Tu ne comprends donc pas ? m'agaçai-je. Cela n'a rien d'accidents, ce sont des meurtres.

— Cela ne se peut. Pourquoi ? Qui ? Dans quel but ?

— Je n'en sais rien Klauss. En tout cas, de ce que j'ai pu en voir, tout se dirige vers toi, il s'en prend à tes favoris.

— Penses-tu que je sois en danger ? s'exclama-t-il, tout ouïe à présent que cela le concernait de près.

— C'est une possibilité. Dès à présent, tu dois te montrer prudent, tu ferais mieux de rester dans ton bureau et de ne pas en sortir.

Cela ne le changerait pas de d'habitude pensai-je en mon for intérieur

— Laissons croire à tous la thèse accidentelle pour le moment jusqu'à ce que je démêle toute cette histoire. Seuls toi, Pomme et moi savons qu'il s'agit en réalité de meurtres. Elle et moi nous chargerons de trouver le coupable. Je l'ai envoyée recueillir des renseignements sur les sentiments des employés à ton égard afin d'identifier ceux qui auraient de potentiels griefs contre toi.

— Tu fais confiance à cette Pomme ? Et si c'était elle la responsable ? Tu m'as bien dit qu'elle avait découvert les deux corps et j'ai l'impression qu'elle ne m'apprécie pas vraiment. Elle est d'ailleurs la seule à avoir voté en ta faveur lors du vote au cours duquel tu demandais le droit d'effectuer les tournées de distribution de cadeaux.

— Ce n'est pas parce qu'elle n'est pas en dévotion complète devant toi qu'elle est coupable. Si elle a voté ainsi c'est, car elle est la seule à se rendre compte que je suis celle qui fait tout ici.

— Je m'en rends compte aussi, toutefois tu n'es pas celle qui a hérité de l'entreprise, tu n'es que mon épouse, je suis l'unique héritier légitime. De plus, tu es une femme, personne n'accepterait que tu occupes cette fonction, cela a toujours été un homme, tout le monde serait trop décontenancé par un changement si important. Je suis malgré tout conscient de ton talent, c'est pour cela que je te laisse l'entière responsabilité de tout. Tu devrais en être satisfaite, c'est un honneur.

Son discours m'exaspéra. Un honneur ? Je dirigeais dans l'ombre, j'assumais et solutionnais chaque problème comme aujourd'hui, mais tous l'ignoraient et c'est lui qui recevait les louanges, l'amour, l'adulation. Peu importait le sexe, la nature ou même l'ascendance, la personne qui devait être le visage du royaume, aurait dû être celle qui le méritait de par son travail, son implication et non un parfait idiot qui avait hérité du poste sans ne rien faire pour. Je contins mon agacement, car ce n'était ni le lieu ni le moment, nous avions d'autres choses à traiter, ce problème-là devrait se régler plus tard.

— Ne nous attardons pas, il n'est pas question de cela pour l'heure. Ce qui est important, c'est que je sais avec certitude que Pomme n'y est pour rien. Elle est la seule en qui j'ai confiance, ma plus proche collaboratrice. En attendant, reste prudent, ne demeure jamais seul avec quelqu'un.

— Très bien, je compte sur toi pour régler cela le plus rapidement possible afin que tout revienne à la normale. Rien ne doit entraver mon apparition du vingt-quatre.

Ce n'était évidemment pas sur lui que l'on aurait pu se reposer.

Le reste de la journée, je m'occupai du lancement des événements de débuts des festivités. Je fis en sorte que malgré les malheurs qui avaient quelque peu accablé toutes les équipes, on ne sache pas que rien n'allait plus au royaume de Noël. En dépit des derniers incidents, chacun devait poursuivre sa tâche, rien de ce qu'il se passait ici ne devait venir entacher le déroulement de cette fête dans le monde.

Durant l'année, nous étions dans la préparation, l'entretien des machines, l'entraînement des rennes, la création et la conception des plans des futurs cadeaux, l'observation des humains, de leurs bonnes et mauvaises actions, de leurs goûts, leurs envies. Le mois de décembre était le plus chargé, c'était celui où il fallait finaliser pour que tout soit absolument parfait le vingt-quatre.

Au cours de l'après-midi, Pomme vint discrètement me faire part du résultat de ses investigations. Elle me raconta que d'après ses renseignements, Klauss aurait eu quelques semaines plus tôt un différend avec son conseiller en chef, Winter, au sujet du vote pour le partage de la tournée de distribution des présents.

Winter qui travaillait depuis plusieurs générations déjà aux côtés de la famille de Klauss n'avait jamais eu à œuvrer avec un Père Noël tel que lui, il avait remarqué la personnalité oisive du nouvel héritier et regrettait ses prédécesseurs. Aussi, il ne voyait pas d'un si mauvais œil la possible division de l'expédition du vingt-quatre décembre et aurait eu des discussions à ce sujet avec d'autres, dont Flocon, qui avaient constaté le travail que je fournissais. En l'apprenant, Klauss avait alors menacé son poste s'il venait à se positionner en ma faveur, il l'avait ensuite enjoint à faire passer le mot à tout un chacun. Je découvris qu'apparemment, il pouvait se décider à agir quand son propre intérêt était en péril !

Lors de mes visites dans l'enclos des rennes puis à l'usine d'emballage, les visions des corps mis à mal me revinrent en mémoire, leur chair entamée et découpée, le sang étalé de toute part semblable à de la peinture recouvrant intégralement une toile blanche, leurs regards inexpressifs et vides de vie.

Tout à coup, je n'arrivai plus à réfléchir. Je regardai les gens autour de moi, même s'ils étaient attristés par les événements, aucun d'eux ne semblait troublé comme je l'étais, aucun d'eux n'avait vu ce que j'avais vu, aucun d'eux n'avait eu à faire ce que j'avais fait.

Un vertige m'obligea à me retenir à une rambarde. Ma tête tournait, je m'efforçai pourtant de maintenir mon attention droit devant. J'eus l'impression d'apercevoir une ombre près de la découpeuse. Subitement, tous les employés portèrent leurs regards vers moi dans un unique mouvement. Ils me fixèrent avec insistance, leur allure se fit menaçante, leurs pupilles luisaient alors qu'ils me dévisageaient. Lentement, ils levèrent tous leur index en me pointant. Dehors la nuit recouvrit le ciel en un instant, des nuages noirs camouflaient la lumière. Je demeurai figée. Que se passait-il ? Pourquoi me toisaient-ils ainsi ? On aurait cru que chacun d'eux allait se jeter sur moi.

Je reculai pour me soustraire à leur vue, je voulais fuir tous leurs regards. De leurs bouches, des filets de sang commencèrent à glisser, d'abord minces, ils se firent rapidement plus conséquents, bientôt, chacun se mit à cracher un flot ininterrompu, pour finir ils s'effondrèrent ensemble inanimés, morts sur place.

Choquée, je trébuchai et manquai de chuter la tête la première par-dessus la rambarde. En relevant les yeux, il n'y avait plus rien, le soleil brillait, chacun était occupé à sa tâche, ils étaient si concentrés qu'aucun d'entre eux ne s'était aperçu de ma mésaventure. Voilà maintenant que j'avais des hallucinations ! Absolument tout autour de moi me paraissait suspicieux, chaque individu douteux. La pression était considérable.

Je dus m'échapper de cet endroit un moment. Néanmoins, mes tribulations se poursuivirent. Je me sentais sous tension. J'avançai à grande vitesse. Le tic tac de l'aiguille de ma montre résonnait dans le silence, il se montrait insistant, oppressant. Il prit d'abord possession de mes oreilles, je n'entendais que lui, il retentissait tel un avertissement, puis il s'insinua dans mon corps tout entier, ce dernier vibrait à chaque avancée de la trotteuse. En réponse à son intimidation, je fis plus vite encore, je me mouvais au rythme qu'il m'imposait. J'étais en pleine effervescence, partagée entre l'appréhension et l'agitation.

Les images de Flocon et de Tonnerre m'obsédaient. Le tic tac changea soudainement de tonalité, il mua, je reconnus l'écho d'une goutte qui tombait, puis une autre, bientôt, le son d'écoulement d'un liquide remplaça alors celui de la montre, comme si la progression du temps s'était interrompue l'espace d'un instant pour laisser place à ce déversement. Mon souffle se coupa. J'étais moi aussi en suspens, en attente de la fin de ce ruissellement. Se fut un bruit de casse qui me fit revenir à moi.

Après cela, je restai quelques minutes isolée afin de me détendre. Nul ne devait s'apercevoir du trouble qui m'avait submergée pendant ces quelques minutes. J'étais en colère contre moi-même. Pourquoi n'arrivais-je pas à garder mon sang froid habituel ? Pourquoi me laissais-je autant ébranler par les circonstances ? Pourquoi ne parvenais-je pas à réprimer mes émotions aussi aisément que d'habitude ? J'étais la Mère Noël après tout, je devais me montrer digne de ce nom qui était le mien, le monde entier comptait sur moi.

— Reprends-toi, m'ordonnai-je tout en me giflant avec force et sévérité.

Le choc violent produisit l'effet voulu. Je me ressaisis sans plus tarder avant de retourner à mon devoir. Le reste de la journée, tout se déroula sans encombre.

Le soir, après ces heures qui m'avaient paru si longues tant j'avais hâte que ce jour se termine, que tout ceci finisse, je retrouvai Pomme. Je sortis les deux éléments trouvés sur les lieux des crimes que j'avais emportés avec moi, la plaque en acier et le tissu que j'avais retiré des chairs de Tonnerre. Chacune de nous se saisit d'un objet pour l'observer.

— J'ai l'impression que l'on ne pourra rien tirer de la pièce de métal, elle a été bien trop abîmée par la machine, déclarai-je. Il semble qu'il y avait une inscription, mais celle-ci est illisible. N'importe qui ici a pu avoir accès à un tel matériau.

— Peut-être, mais le lambeau de tissu noir, lui, me fait penser à la texture des chaussures de monsieur Noël. En outre, c'est du cuir véritable non du synthétique, ajouta Pomme. Il est le seul habitant de cette contrée à revêtir encore cette manière. Après votre rapport sur le bien-être animal et les solutions alternatives à leur exploitation, plus personne d'autre n'en porte dans le royaume.

— Effectivement au toucher comme à l'odeur cela ressemble à du cuir organique. Néanmoins, sans analyse concrète, nous n'avons aucune certitude.

Il nous restait une piste à explorer.

— Nous devons aller rendre visite à Winter. Même si je doute profondément de son implication dans une telle horreur, nous devons discuter avec lui.

— Vous êtes vraiment trop généreuse madame, à vos yeux chaque suspect que l'on identifie n'est pas coupable, pourtant quelqu'un a bien fait tout cela.

— Je sais Pomme.

Alors que nous nous apprêtions à partir, je me sentis tirée en arrière. Pomme était immobile, la tête abaissée vers l'avant, ma manche entre ses doigts.

— Que se passe-t-il ? lui demandai-je alors.

— J'ai honte de vous l'avouer, mais... j'ai peur. Je ne veux pas mourir.

— Tu n'as pas à être embarrassée. La peur est un sentiment parfaitement normal. J'ai peur aussi. Mais nous devons la surmonter, l'utiliser même, nous en servir comme moteur pour continuer à avancer, nous surpasser.

Pour la rassurer, j'attrapai sa main, elle était raidie par la crainte. Au fur et à mesure de notre avancée, mon bras se mit à trembler de plus en plus. Je compris que cela n'était pas de mon fait et qu'il s'agissait de l'onde des soubresauts qui avaient pris possession de Pomme qui se propageait jusqu'à moi. Je ne lui en parlai pas pour ne pas l'embarrasser plus encore. Je raffermis discrètement ma poigne afin de la sécuriser et continuai à avancer en ouvrant la marche.

Elle s'était enfin tranquillisée quand une détonation éclata. Les cloisons vibrèrent sous le choc. La surprise me fit trébucher et me cogner l'épaule au mur tandis que Pomme effrayée tomba à genoux, repliée sur elle-même. L'étonnement passé, je m'abaissai près d'elle.

— Ce n'est rien, il s'agit seulement d'un orage de neige, lui expliquai-je tout en la relevant.

Le tonnerre grondant, les éclairs et les éclats de foudre s'abattant au sol rendirent la suite de notre route bruyante, insinuant une atmosphère inquiétante alors que nous étions toutes deux silencieuses. Chacun de nos pas était accompagné d'un rugissement du ciel. Le vent sifflait, il fouettait l'air, de l'intérieur cela ressemblait presque à des éclats de voix. Pomme bondissait à chaque fois.

Tout à coup, au travers des clameurs de la nature enragée, un souffle qui ne provenait pas de l'extérieur perça le vacarme ambiant, une respiration rauque, sinistre envahit alors le couloir sombre dans lequel nous venions de pénétrer. D'abord faible, se fondant dans le brouhaha, puis de plus en plus imposante, elle se diffusa, nous enveloppa de son étreinte intimidante. Elle nous suivait de près. Des paroles susurrées, inaudibles, l'accompagnèrent.

— Madame, vous entendez ?

— Ce n'est rien Pomme, simplement la tempête dehors qui fait des siennes, lui répondis-je pour la rassurer alors que j'avais bien évidemment perçu le soupir glaçant.

Malgré mes efforts pour ne pas l'inquiéter, j'accélérai le pas à dessein de rejoindre au plus vite à l'endroit prévu. Arrivées devant la porte, je frappai. Celle-ci n'était pas correctement fermée, elle s'entrouvrit sous la pression de ma main. Je la poussai entièrement et aperçus la vision macabre. Winter était allongé au sol, le visage déformé par la douleur et la terreur.

Ses lèvres étaient rongées, la pulpe de ses dernières s'était fendue, elles suintaient. De sa bouche sortaient des sécrétions verdâtres et mousseuses. Sa gorge n'était plus qu'un cavité creusée. Elle s'était dissoute. Les filaments de chairs et de muscles pendaient vers l'intérieur en un rideau effiloché. Je n'osai pas imaginer ce qu'il en était du reste de son œsophage dont la vue nous était bloquée par les vêtements fondus qui avaient fusionné avec la peau décomposée et sur lesquels s'étaient formaient des croûtes de pus et de fluides corporels. En dépit de l'atrocité des faits, je notai qu'il y avait moins de sang cette fois-ci, moins de rouge, ce constat me satisfaisait quelque peu.

Au bout de sa main, je découvris une tasse brisée dont les débris s'étaient dispersés en cercle entourant de la sorte une tache jaunâtre.

— Pomme surtout ne t'approche pas de la zone, c'est sans doute du poison.
Elle recula d'un bond.

— Ne serait-ce pas la tasse que vous avez offerte au Père Noël lors de son dernier anniversaire ? me demanda-t-elle tout en fixant l'objet détruit.
Je me penchai un peu pour vérifier.

— Si c'est bien elle.

— Madame, j'ai pleinement conscience de ce que vous m'avez expliqué ce matin, mais tous les indices mènent à Monsieur Noël, toutes les victimes étaient des individus proches de lui. Et si c'était vraiment lui qui était derrière tout ça ?

— Non Pomme. Ne trouves-tu justement pas tout trop évident ? Quel tueur laisserait tant de preuves accablantes derrière lui ?

— Vous avez dit qu'il était trop paresseux pour réussir à établir un plan. Peut-être a-t-il été trop négligent, pensant que l'on ne s'en rendrait pas compte, qu'il n'y aurait pas d'investigations plus poussées vu que tout portait à croire à des accidents. Au vu des éléments, j'imagine qu'il avait peur pour sa place, certainement a-t-il supposé que dans la mesure où Winter avait songé à vous accorder plus de pouvoirs, d'autres comme lui emboîteraient le pas, Flocon et Tonnerre étaient probablement déjà de son avis.

En ce qui concerne Winter, il a dû se sentir pris au piège puisque nous allions découvrir leur désaccord. Connaissant votre intelligence et votre logique il se savait

bientôt démasqué et l'a assassiné sans même prendre la peine de faire passer cela pour un meurtre. Je ne peux pas l'expliquer madame, mais je le ressens au fond de moi. Je suis proche de tout le monde ici depuis tant d'années, pour moi c'est le seul être assez mauvais, assez ignoble pour en arriver à ce point de folie.
Je réfléchis quelques instants aux arguments qu'elle venait d'avancer.

— Je ne sais pas. Tu as peut-être raison. Je... j'ai besoin d'en avoir le cœur net en le confrontant directement.

— Non Madame, c'est bien trop dangereux.

— Ne t'en fais pas pour moi, je saurai me défendre si tu ne t'es pas trompée sur son compte. Reste ici, si je ne suis pas de retour dans un quart d'heure alors tu pourras prévenir les autres.

Je quittai Pomme et me dirigeai à toute vitesse vers celui que j'allais affronter. Mon cœur se mit à battre à toute allure, je l'entendis trépider à l'intérieur de tout mon être, il tambourinait dans mes oreilles. Était-ce le résultat de mon avancée rapide ou de l'appréhension qui montait en moi, de la tension due à la situation en cours ?

Tout en marchant, je regardai sans cesse autour de moi, je surveillai mes arrières pour m'assurer que je n'étais pas suivie. J'écoutai le moindre son, le moindre bruit qui pourrait attester de la présence de quelqu'un. Je m'arrêtai trois fois pensant être traquée, je me cachai dans un renfoncement de mur espionnant discrètement le couloir. Il n'y avait rien, mon imagination m'avait joué des tours à nouveau. Après les événements récents, la paranoïa avait pris possession de mon esprit.

J'arrivai finalement devant la porte. J'observai le bois, la plaque de métal avec le nom de Klauss gravé n'y était plus vissée. Avant de pénétrer à l'intérieur, je fis une dernière inspection des lieux, j'étais seule. Je fermai les yeux, je pris une profonde respiration, puis j'expirai. Tout allait se jouer à présent, le dénouement était en approche, le point final de l'histoire serait apposé après mon entrée dans ce bureau. J'entrai enfin.

— Chérie ? lança Klauss surpris de mon apparition. As-tu du nouveau concernant les meurtres ?
Je recouvris mes doigts avec ma robe puis je refermai la porte à clé. Sans lui laisser le temps de répondre, car j'en manquais, je courus vers lui et lui plantai le couteau que j'avais jusqu'alors caché dans mon rembourrage.

— Ce satané faux ventre que tu m'obliges à revêtir depuis toutes ses années m'aura finalement été utile pour une fois, lui lançai-je tout en pouffant alors que je retirais lentement l'arme de son cœur.

— P... pourquoi ? souffla-t-il alors que le sang envahissait sa paroi buccale.

— Pourquoi ? aboyai-je. Tu oses me demander cela ? Après la vie misérable que tu m'as fait mener. Tu n'es qu'un bon à rien, tu ne mérites rien de tout ce que tu as. Je gère absolument tout ici, tu n'es au courant de rien, sans moi, il n'y aurait pas de tournée de distribution des cadeaux, pas de vingt-quatre décembre, pas de Noël, pas de royaume. Tout ceci pour quoi ? Pour que tu sois celui qui est adoré, que les gens regardent avec émerveillement, qu'ils attendent avec impatience ?

Ce n'est pas juste ! grondai-je. Je mérite tout ça, je mérite toute la reconnaissance dont tu jouis alors que tu restes affalé toute la journée. Je n'en pouvais plus de tout cela, alors j'ai pris une décision, cette année, tout devait changer, j'ai par conséquent fait ce qu'il fallait pour y parvenir. Quelques meurtres, des tours de passe-passe aidés par une télécommande à distance et un enregistreur pour effrayer Pomme au moment où j'étais avec elle afin qu'elle n'ait aucun doute à mon sujet et qu'au contraire elle oriente d'elle-même ses soupçons vers toi, des indices t'incriminant, un mobile, tout est fini pour toi, tout commence pour moi.

Pour Flocon, je n'ai pas eu à me salir les mains, après avoir bloqué la machine, j'ai juste attendu qu'il s'approche des dents d'acier et je n'ai eu qu'à rétablir le courant qu'il avait coupé au préalable. La chose a été plus difficile avec Tonnerre, il était si lourd, j'avais du sang partout sur mes doigts, sur mon corps, j'ai eu tellement de mal à m'en débarrasser. L'adrénaline était si forte que je n'ai pas réussi à dormir, ce matin j'étais épuisée.

Concernant Winter, je n'avais pas beaucoup de temps, c'était la première fois que j'agissais en plein jour, il fallait que j'intervienne vite sans que l'on me voie, je n'avais que quelques minutes de battement pour m'exécuter, j'ai donc porté mon choix sur l'empoisonnement que je trouvais le plus adapté à la situation, je n'avais de la sorte rien à nettoyer. Il ne faisait pas partie de ma liste initiale, mais en raison des éléments qui m'avaient été rapportés, j'ai pensé que c'était une excellente opportunité.

Tu te rends compte que pour toi j'ai dû supporter tout ce sang, ce rouge écarlate que j'abhorre sans pouvoir montrer mon dégoût. Il s'était propagé absolument partout, j'avais l'impression d'être perdue dans une toile monochrome, suffocante. En dépit de tout cela, je ne m'étais pas sentie si vivante depuis tant d'années, depuis que je t'ai rencontré en fait. Je suis si bien aujourd'hui ! Je respire enfin.

Je rapprochai ma bouche de son oreille.

— Si tu savais à quel point j'ai envie de t'enfoncer ce couteau encore et encore, mais ils ne croiraient pas que tu t'es infligé autant de blessures toi-même. Je dois me contenter d'une seule, une, mais qui te sera fatale.

Je retirai la lame de son cœur qui ne battait presque plus désormais, ma main toujours recouverte de ma robe afin de ne laisser aucune empreinte, puis je plantai l'arme tranchante dans mon ventre. La douleur fut vive, lancinante, intense, plus puissante que je ne l'avais imaginé en fomentant ce plan. Pourtant je ne faiblis pas, je ne le pouvais pas, mon avenir était en jeu, je maintins ma prise fermement. Je devais surmonter cela, rien ne devait m'empêcher d'enfin acquérir ce qui me revenait de par mon acharnement. Quand j'en eus fini, j'attrapai la main de Klauss, je l'installai sur le manche puis renfonçai le poignard dans sa poitrine.

— Il n'y aura même pas d'enquête, lui susurrai-je alors.

Il me fixa, son regard était désespéré. Ses lèvres tentèrent de bouger, il voulait parler, mais il ne le put. Je l'observai, immobile, totalement subjuguée par le spectacle de sa mort prochaine. Quand son dernier souffle de vie le quitta enfin, je m'allongeai près de lui. La perte de sang me fit perdre confiance aux côtés de celui qui était à présent mon ex-époux.

Lorsque j'ouvris les yeux à nouveau, j'étais couchée dans un lit à l'infirmerie. Pomme ne tarda pas à me rejoindre. Durant les minutes qui suivirent, elle me raconta qu'après mon départ inquiète pour moi, elle avait alerté les autres et leur avait tout révélé. Ils s'étaient tous précipités dans le bureau et m'avaient retrouvée inanimée. Au vu de la scène et des explications de Pomme, tous avaient conclu que le Père Noël avait tenté de m'assassiner avant de se suicider par culpabilité et qu'il était bien le coupable de tous les homicides.

Ils avaient alors fait ce qui avait été interdit à tout le monde par Klauss depuis toujours, ils avaient pénétré dans sa chambre et après une fouille approfondie ils avaient remarqué qu'à un endroit les lattes du parquet n'étaient pas emboîtées comme elles le devraient, en les soulevant, ils avaient trouvé tout le nécessaire à l'accomplissement des meurtres, les plannings d'horaire des victimes, des photos les observant sur plusieurs jours, j'en faisais partie.

Le meurtrier étant décédé, l'affaire avait été classée, la population de l'extérieur n'avait pas été informée pour ne pas gâcher les fêtes.

— Tu avais finalement raison Pomme, je suis désolée d'avoir douté de ta conviction et de ton intuition, déclarai-je en continuant à jouer le jeu de l'innocente et naïve Mère Noël.

— Ce n'est rien, il était difficile pour vous d'admettre que votre époux ait pu commettre de telles atrocités. J'ai autre chose à vous annoncer, madame, ajouta Pomme qui paraissait contenir difficilement son excitation. Ce matin, il y a eu un vote, ils ont tous voté en votre faveur, vous êtes la nouvelle héritière du Père Noël, vous serez celle qui dirigera l'entreprise pour de bon. Nous ne pouvons vraisemblablement pas dévoiler la vérité au commun des mortels, par conséquent, le royaume fera une annonce officielle au monde en expliquant que le Père Noël a décidé de prendre sa retraite et qu'il a passé le relais de la distribution des cadeaux à sa femme. Même si les circonstances sont effroyables, je suis si contente pour vous. Vous obtenez en fin de compte la reconnaissance de ce pour quoi vous vous êtes battue toutes ces années.

— Pour reprendre tes mots, je me suis effectivement battue pour cela, plus que tu ne peux l'imaginer.

Un sourire de satisfaction que je ne pus effacer se dessina sur mon visage.

— Je n'en reviens pas que vous allez au bout du compte faire la tournée de distribution tout comme vous le souhaitiez.

— Moi non plus, Pomme. Moi non plus...

Pour la première fois depuis longtemps, j'attendais le vingt-quatre décembre avec impatience.